U1004241

中国散文60强

他们深深打动了我

阎　纲/著

北京联合出版公司
Beijing United Publishing Co.,Ltd.

图书在版编目（CIP）数据

他们深深打动了我 / 阎纲著. -- 北京 : 北京联合出版公司, 2024. 8. --（中国散文60强）. -- ISBN 978-7-5596-7823-2

Ⅰ. I267

中国国家版本馆CIP数据核字第20242HG684号

他们深深打动了我

作　　者：阎　纲
出 品 人：赵红仕
出版监制：张晓冬
责任编辑：龚　将
特约编辑：和庚方　张　颖
封面设计：立丰天

北京联合出版公司出版
（北京市西城区德外大街83号楼9层　100088）
三河市同力彩印有限公司印刷　新华书店经销
字数150千字　650毫米×920毫米　1/16　13.5印张
2024年8月第1版　2024年8月第1次印刷
ISBN 978-7-5596-7823-2
定价：65.00元

中华散文的文脉与发展

——“中国散文60强”总序

邱华栋

中国是诗的国度，亦是散文的国度。

穿越千年时空，从明清至唐宋，再由魏晋南北朝至两汉先秦一路回溯，汉语言文学中的散文实乃根深叶茂，硕果累累。无论是“唐宋八大家”之雄文美文，还是骈俪多姿的辞赋，以及名垂史册的《史记》《左传》，均为中国文学史上的璀璨明珠。“散文”与“诗”一道，成为中国文学的“嫡系”。尽管，后来从西方引进嫁接技术所催生的“小说”，大有“喧宾夺主”之势，终究还得“认祖归宗”，血脉和基因是无法改变的。

在中国散文流变历程中，曾出现过两次鼎盛期。一次是被文学史家所公认的“先秦散文”时期。其时，伴随着春秋时期的思想解放，诸子蜂起，百家争鸣，一大批散文家以饱满的气血、驳杂的学识和破茧的精神，创造出了散文的繁荣和辉煌局面，对后世产生了极大的影响。

到了“五四”时期，中国散文迎来了第二次鼎盛期。白话文如劲风激浪，吹刮和涤荡着神州大地。沉睡的雄狮醒来了，偃卧的小草开始歌唱。许多学贯中西的进步文人，肩扛文化变革的大纛，冲锋陷阵，掀起了一波又一波的新文学浪潮。《新青年》上刊载的散文，犹如一束束亮光，不但给人以希望，还给人以力量。“五四”以来的散文作品，无论是观念和主题，还是形式和风格，都跟以往的散文迥然不同。最具代表性的，当属鲁迅先生的散文（包括杂文），其刚健、凌厉的文质，疗救了中国散文长久以来颓靡不振、钙质疏流的顽疾。此外，周作人、郁达夫、朱自清、萧红、沈从文等一大批作家的散文创作亦各具特色，呈一时之盛，影响深远。

时代的前行催生了文学的发展，然而文学与时代有时并不同步甚至充满了“张力场”。“五四”的个性解放虽然催生了一批个性鲜明的散文精品，但这样的生态并未持续多久，中国散文的波峰出现了向低谷滑行的趋势。有论者指出，“散文在 50 年代既是对解放区散文文体意识的放大，又是对五四散文文体精神的进一步偏离。这种放大和偏离表现在个体性情的抒发让位于时代共性或者时代精神的谱写，政治标准优先于艺术标准，批判性为歌颂性所取代等诸方面。”（董健、丁帆、王彬彬《中国当代文学史新稿》）1960 年代初，散文创作一度出现了活跃，“专业”从事散文创作的作家群凸显出来，刘白羽、杨朔、秦牧相继登场，迅速成为散文界的三位名家。但他们的作品后人评价褒贬不一，认为其中颂歌式的写法较为单向，这种模式化的写作，不但对散文的建设毫无益处，反而扼杀了散文的个性和神采。

“文革”十年，中国散文更是一片凋零和荒芜，乏善可陈。1970 年代末，一些历经浩劫的作家开始复血，解除思想枷锁，重新拿起笔来写作，中国散文才又凤凰涅槃，焕发生机。加之各种文学刊物纷纷复刊和创刊，以及大量西方文化读物的译介出版，更为这些饥渴、桎梏太久的散文作者提供了登台亮相的舞台和瞭望世界的窗口。

1980 年代初期，伴随改革开放的热潮，思想解放大旗招展，文化随之繁荣，诸多承续“五四”精神的作家以笔为旗，抒发胸中压抑既久之块垒，出现了一批抒情性质浓郁的散文，使得现代散文这块“百花园”芳菲争艳，蔚为大观。特别是 1980 年代中期，随着作家主体意识的不断强化，中国文学开始呈现出一个崭新局面，作家从“集体意识”中抽身而出，重新返回“个体”，注重对生活的体察和内在情感的表达。这一时期，散文的艺术性得以强化，文本的精神内涵和表现空间得以拓展。

进入1990年代，社会发展日新月异，城镇化进程锐不可当，文化领域亦呈多元格局。各种文学思潮相互碰撞，人文精神的讨论更是打开了作家们的创作思路。“大散文”概念的提出，引发了散文界对散文的内涵和外延的重新讨论和界定。风靡一时的“文化散文”热，成为文坛上一道靓丽的风景。“新散文”“原散文”“后散文”“在场散文”等散文流派“你方唱罢我登场”，争奇斗艳，各领风骚。

及至二十世纪末，一批深具先锋意识和文体自觉的新锐作家，像一头公牛闯入瓷器店，使散文天地发生了激烈的碰撞和变化，形成一股新的散文潮流，提升了散文的审美品质和精神向度。

纵观1978年至2023年四十多年来，中华大地在“改开”的黄金时代中，社会生活奔涌激荡，各种思潮风起云涌，散文创作更是云蒸霞蔚、气象万千，涌现了众多成就斐然、风格各异的散文作家和具有思想深度、艺术上乘的散文作品。岁月的流水冲走了枯枝败叶和闲花野草，中流砥柱却巍然屹立。时间留住了新时代的散文经典，经典在时间的长河中绽放光芒。以沙里淘金的经典散文向“改开”的时代致敬，是我们不可推卸的责任和义务。

别看散文的门槛貌似很低，要真正写好，却实属不易。优质散文是有难度的写作，它不但需要作者的智识、胸襟、眼界、修养和气度格局；更需要写作者的态度、立场、慈悲、良知和批判勇气。遗憾的是，散文创作繁荣和光鲜的另一面，却是大量平庸甚至低劣之作的泛滥，不但败坏了读者的胃口，而且造成了物质和精神的极大浪费。散文作家层出不穷，散文作品汗牛充栋，可真正能让人记住的散文佳构却凤毛麟角。

散文要发展，文学要前行。发展和前行就要从平庸的樊篱中突围。在突围的过程中，散文作家不可太“聪明”，不可太世故，要永存对文学的敬畏之心。一言以蔽之，散文的尊严来自散文作家的尊严。也可以说，要想散文繁荣，首先需要有一批人格健全，品德高尚，铁肩担道义的散文作家。什么样的人写什么样的文章。特别是写散文，最容易看出一个作家的内在品质和境界涵养。一个人格不健全的人，哪怕他作文的技法再高妙，也很难写出撼人心魄、抚慰灵魂的散文来。作家精神品质的高低，直接决定其作品的精神向度。

为了散文写作的突围和发展，为了建设独具特质的当代散文，也是为了更好地从经典散文中汲取营养，我认为有必要正视和重申一些常识性的思考。高头讲章的理论是灰色的，常识之树却葳蕤常青。

一、作家的个体精神决定散文的优劣。常言道，散文易学而难攻。难在什么地方，不是难在技巧，而是难在作家个体精神的淬炼上。倘若作家的个体精神不够丰富，不够深刻，不够清澈，纵使他手里握着一支生花妙笔，也写不出令人称赞的散文。那么，如何才能做到个体精神的丰富性呢，这就要求作家时时刻刻不背离生活，要知人情冷暖，体察人间百态，关心民瘼，有忧患意识，不要做生存的旁观者。一个冷漠甚至冷酷的人，是不适合从事散文创作的。

二、真诚是确保散文品质的基石。散文创作跟作家的生存经验息息相关，可以说，真正优质的散文，无不牵连着作家的血肉和心性。作家的喜怒哀乐，悲欢离合，都或隐或显地暗含在他的作品中。假如在一篇散文作品中，读者既看不到作者的体温，又看不到作者的态度，那这篇作品或许就是失败的。说明这个作者在他的作品中“说谎”或“造假”，缺乏真诚之心。作家一旦失去真诚，为文必定矫揉造作，作品也必定会失去生命力。因此，真诚是散文的“生命线”，也是“底线”。

三、个性是促进散文生长的养料。人无个性便无趣，文无个性便平质。当下，每年都会诞生数以万计的散文篇章，但能够让人记住，且读后还想读的作品并不多，何故？概在于这些数量庞大的散文，无论题材，还是语感都千篇一律，像是从“模具”中生产出来的，缺乏辨识度。散文要发展，必须要求作家具有“个性意识”。“个性意识”不是标新立异，更不是哗众取宠，而是一种“创新意识”和“审美意识”。但凡在散文创作方面被公认的那些大家，都是“文体家”，他们以自觉的写作实践，开创了散文写作的新路径。不合流俗方能独步致远，推动散文的建设和繁荣。

当然，以上几点并非创作散文的圭臬，谁也没有资格去为散文“立法”。

散文是自由的创造，散文精神即自由精神。我之所以提出来，仅仅是希望引起散文同行们的重视和参考，共同为中国当代散文的发展尽力增光。

我们策划、编选“中国散文 60 强”（1978—2023）的初衷，旨在对新时期以来的中国散文创作作出梳理、评价和选择，试图精选出风格各异的代表性散文作家，以每位一部单行本的形式，呈现出中国新时期优质散文的大体样貌。此项目的发起人为资深出版人张明先生。多年来，他一直追求做高品位的纯文学书籍，也曾连续多年与中国散文学会、中国小说学会合作，出版年度《中国散文排行榜》和年度《中国小说排行榜》。2023 年他策划出版了《中国小说 100 强》，反响不俗。身处喧嚣、纷杂的环境，能以如此情怀和心力来为文学做如此浩大的工程，不能不令人钦佩！

感谢张明先生邀请我和叶梅、冯秋子、陆春祥、吴佳骏、张英、文欢组成编委会，共同遴选出 60 位作家。我们在召开筹备会的时候，即将作品的思想性、艺术性、代表性以及影响力作为编选的基本原则。在确定入选作家名单时，我们认真商讨，反复研究，生怕因为各自的眼力、审美和趣味之别，造成遗珠之憾。好在我们的工作得到了作家们的积极回应和鼎力支持，惠风和畅，大地丰饶。

60 位入选的作家，既有令人尊敬的文学大家，如孙犁、张中行、汪曾祺、史铁生、邵燕祥、流沙河、刘烨园、宗璞、贾平凹、韩少功、张炜、梁晓声、阿来、冯骥才等。这批散文大家的作品，文风质朴、清朗、刚健，充满了“智性”和“诗性”。无论他们是写怀人之作，还是针砭时弊，歌咏风物，都有着鲜明的文化立场和审美取向。他们或出入历史，借古观今；或提炼人生，洞明世事，输送给读者的都是难能可贵的“精神营养”。

也有被散文界公认的名家，如李敬泽、王充闾、马丽华、周涛、冯秋子、叶梅、筱敏、张锐锋、周晓枫、于坚、鲍尔吉·原野等。这些作家的散文作品，特色鲜明，风格独特，诚挚内敛，从内容到形式，都作出了各自的探索和尝试，为当代散文注入了活力。从他们的作品中，我们不但能够领略汉语之美，更可以借此反观生活与存在，寻找人之为人的价值和尊严。

还有散文界的中坚力量和青年才俊，如彭程、谢宗玉、江子、雷平阳、任林举、塞壬、沈念、傅菲、吴佳骏、周华诚等。从他们的作品中，我们见到的，不只是中国散文的文脉传承，更是自由精神的张扬。他们文心雅正，笔力锋锐，不跟风，不盲从，始终保持着独立的思索和判断，在各自所开辟的散文园地中精耕细作，以崭新的姿态参与和推动当代散文的变革。

其实，细心的读者不难发现，入选本丛书的老、中、青三代作家都有个共性，即他们均在以自己的作品审视心灵，心系苍生，弘扬真善美，鞭挞假恶丑，充满了正义感和人道主义精神。这自然与时下众多书写风花雪月，一己悲欢，充塞小情趣、小可爱的散文区别开来。正是因为有他们的存在，中国当代散文才呈现出一幅绚丽多姿的长卷。

需要说明的是，有些重要的散文家，如张承志、余秋雨、王小波、苇岸、刘亮程、李娟等人，由于版权或其他不可抗原因，未能将他们的作品收录进来，我们深以为憾。

我们还要感谢北京立丰天文化传播有限公司的资金支持，感谢北京联合出版公司的精心编校，他们慷慨和无私的义举，对于繁荣中国当代散文创作、对于赓续中华优秀散文文脉、对于中国新时期的文化积累，均具重大价值和意义，可谓善莫大焉。这套丛书的出版意义将同《中国小说 100 强》一样，旨在给读者以经典的指引，这既是一项重要的原创文学工程，同时也是助力推动全民阅读和研究传播文化的公益工程。

郁郁乎文哉，中国散文有幸！

是为序。

2024 年 5 月 12 日星期日

（作者为全国政协常委，中国作协副主席、书记处书记）

目　录

Contents

爷爷“头发的故事”

前有鲁迅的《头发的故事》，后有我爷爷“头发的故事”。

鲁迅的《头发的故事》寄寓了对封建顽固守旧势力的痛恶，对软弱的不彻底的革命的愤激。清初，扬州和嘉定人因为不愿意拖起辫子，就有了骇人听闻的“扬州十日”和“嘉定屠城”。

当年因为没有辫子遭受人们嘲骂的磨难，可以想见民众的愚昧和麻木。《头发的故事》内容的深刻性在于它提出一个大问题：面对今天的现实该怎么办呢？由于“纪念也忘却了他们”，革命并没给民众带来什么，除了革掉一条辫子，乡下却连辫子都没革掉。一切“内骨子是依旧”。但在这革命的途中，多少热血少年曾受苦受难、流血牺牲，他们的坟墓也早在忘却里渐渐平塌下去了。

再说爷爷“头发的故事”。

旧染污俗，咸与维新，戊戌变法失败了，戊戌政变成功了，辛亥革命流血了、成功了，民众无所得，封建复辟，又失败了。

爷爷脑袋后面的“短刷刷”不见了。

爷爷是前清的顺民，又是本县里民局局长的二少爷，自然是以满族人的长辫子为荣。曾祖父去世后，爆发辛亥革命，陕西乱了一阵之后，又面临一场“留头不留发”的生死抉择。那时的革命，革来革去，总拿头发开刀。头发，乃父母所授，首先需要荡涤的是前朝异族强加在头上的羞辱，恢复先人传统的发式。爷爷挡不住时代潮流，实行改良主义：辫子剪掉，但不从根儿上剪，而是齐腰一剪子，后脑勺剩下一撮齐刷刷的短发，把它扎上，就像拨浪鼓似的一摇一动的“猪尾巴”。这是爷爷一生中唯一的一次尽管不大彻底的革命，也就是鲁迅所写过的“头发的故事”。

爷爷告诉我说，他们当时把辛亥革命叫“反正”，“拨乱世，反之正。”反者，还也；“反正”就是还政于正道，“正”也就是“政”。所以，四十年后，粉碎“四人帮”，中国“拨乱反正”，批判“两个凡是”，我马上想起爷爷“头发的故事”。

张寒晖教我唱《松花江上》

“九·一八，九·一八，从那个悲惨的时候……流浪，流浪！”多少个“九·一八”了，人们没有忘记张寒晖。

“九·一八事变”后的1935年，家父阎志霄在陕西省民教馆做事，36岁的共产党员张寒晖二次被邀回西安，在西安二中任教，进行救亡宣传活动。

张寒晖常上我家做客，他不胖不瘦，不高不低，眼镜里透出的目光既斯文又谦和，喜欢逗小孩玩，我和哥哥叫他“张叔叔”，他却纠正说：“我是你们的大朋友！”

一天中午，父亲和张寒晖出门有事，让哥哥跟我也去。张叔叔一路领着我俩，边走边教我们念诗：“锄禾日当午，汗滴禾下土。谁知盘中餐，粒粒皆辛苦。”一字一句地讲解诗意，极为耐心，表情丰富。

西安有史以来第一个正规的话剧组织“西京实验剧团”成立，父亲和张寒晖都是发起人，张寒晖任导演，刘尚达任团长。接着，又组建了其后有着相当大影响的大型剧团“西京铁血剧团”，父亲任团长，张寒晖任导演。

在阿房宫电影院，我跟母亲、哥哥观看过两个剧团合演的独幕剧《不识字的母亲》（张饰母亲）、《一片爱国心》（张饰日本妇女），接着，“西京铁血剧团”冲破当局的武力禁演，假易俗社舞台如期上演多幕话剧《黑地狱》。

父亲在西安接待过“西北战地服务团”，曾经同丁玲亲切交谈。父亲对丁玲等著名作家和演出人员的到来深表欢迎，丁玲对西安话剧运动的方兴未艾大加赞扬，西安话剧界人士对以丁玲为首的“服务团”的宣传和演出活动给予大力的协助。“服务团”团长丁玲在鲁迅1924年来西安9次观摩秦腔、亲笔为其题写“古调独弹”的易俗社演出时讲话，微胖的身材，伶俐的口才，抖一抖身穿的军大衣说：“我这里穿的正是平型关一仗的战利品！”父亲他们热烈鼓掌。

粉碎“四人帮”后，父亲写信要我打听同在中国作协丁玲的下落，当时丁玲还没有彻底平反，多有不便，遂作罢。

丁玲去世，关于她彻底平反的消息，父亲伤感万千。

“九·一八”后的西安，无家可归的东北难民塞满了大街小巷，他们仰天哀号：“什么时候才能赶走日本强盗？”“哪年哪月才能回到故乡、见我的爹娘？”沉浸在阵阵哀鸣中的张寒晖唏嘘不已。张叔叔义愤填膺，寝食不安，饱含着泪花，一口气创作出悲愤欲绝的《松花江上》。《松花江上》走出校门，一阵风似的飞向东北难民堆和东北军的军营，千千万万流亡者的哀鸣和怒吼响遏行云，凄婉不忍卒听。张寒晖四处奔波，忙于教唱，《松花江上》后来被当局当作禁唱歌曲。

1936年12月11日，蒋介石亲临西安督战“剿共”，请愿的学生高唱《松花江上》劝谏张学良抗日。张学良闻听此曲激动不已，含泪而去，次日，发动了震惊中外的“西安事变”。

“西安事变”捉蒋，周恩来在会见蒋介石之余，途经新城的“讲武堂”，亲自指挥民众高扬悲歌，说：“一支《松花江上》，叫伤心人断肠。”

“西安事变”，人心惶惶，邻居一名国民党官员大惊失色，藏到顶棚上不敢下来。一天，同父亲排演《雷雨》的张寒晖来到我家，一进房门，把我抱了抱，喜不自禁地问我哥：“娃呀，我给你教歌！会唱《松花江上》吗？就是‘我的家在东北松花江上……’。”接下来，压低嗓门吟唱起来。哥哥和着他唱，一气儿将全曲大声唱完。

“西安事变”前夕，《松花江上》已经秘密传唱开来，哥哥的音乐课教过《渔光曲》《毕业歌》《大路歌》和《松花江上》，但老师光踏风琴教歌，不介绍歌儿的名字，也不知道词曲作者是谁（是不是为怕暴露地下党的身份？）。张叔叔亲昵地拍了拍哥哥的小脑门连声夸奖道：“唱得好！唱得准！”

叔叔走后，父亲说：“刚唱的歌子，就是人人爱唱的《松花江上》，你张叔叔自己编的！”“西安事变”前的一天，在“易俗社”（即鲁迅1924年来西安以“古调独弹”四字题赠的秦腔剧团“易俗社”）露天剧场的“怡情见志轩”聚会，开会商讨曹禺《雷雨》的排演问题，当场推举张寒晖担任导演。正要散场时，张寒晖说：“诸位留步，最近，我谱了个歌子，想让诸位听听，提个看法。”接着，他低声唱了这支新歌，也就是流亡离家的《松花江上》。父亲说，这支歌非常感人，在座的人眼睛都湿了。

父亲还介绍说，《松花江上》是张叔叔在西安二中教书时写成的，他除了上课改作业外，没黑没明的，心思全用到写歌上。可是他小小的屋里，只有睡的、坐的和爬的，什么乐器都没有。他不识谱，自己唱，别人记。问他的歌为什么一听就想家、一唱就想哭？他说：“我是学家乡婆婆娘们哭男人、哭儿女、哭坟呢！人越伤心越想报仇。”

张寒晖给我哥俩教唱《松花江上》不多日子参加了东北军，任东北军抗日学生军政治部宣传科游艺股股长兼“一二·一二剧团”团长。学兵队编入政治宣传队，将《松花江上》传遍东北军各军各师，歌声飞向长城内外、大河上下直到苏美的广播电台。

张寒晖 1941 年 8 月到延安，任陕甘宁边区文化协会秘书长、戏剧委员会委员等职，继续不断地深入群众进行创作，《军民大生产》等许多歌曲广为流传。

“文化大革命”中，《松花江上》又被斥为眼泪、呻吟、苦闷和失望，是“30 年代资产阶级文艺”。

曾记否，毛泽东高度评价说“一首抗日歌曲抵得上两个师的兵力”，为什么不能放过哭我沦落他乡、唤我收复失地、感天动地的《松花江上》？

《松花江上》或者“佚名”，或者署名“平津流亡学生集体创作”，到死，张寒晖也没有在《松花江上》的词曲作者上署名。张去世后，夫人刘芳编印《张寒晖歌曲集》作为向 1950 年西北文代大会的献礼后，才将其真实姓名公之于众。1951 年，我 19 岁，出席陕西省文艺创作者代表大会并获奖，除奖励一个奖金红包外，还有幸得到张寒晖这本珍贵的歌曲集。

在纪念抗战胜利 60 周年的大型晚会上，一当“我的家”三字出口，一唱百和，肠断心碎！一声“九·一八”，双泪落君前；一当“爹娘啊，爹娘啊，什么时候才能欢聚在一堂？”声声响彻人民大会堂时，情绪最为高涨，中华儿女，怒火中烧，大刀向鬼子们的头上砍去！

想念您，英雄的中华儿女张寒晖！难忘啊，摸我脑门、亲我抱我的“大朋友”张叔叔！

“豆腐坊子”小社会　跟着大众学语言　戏曲，我的艺校

阎家老屋的“南半个”，开了个“豆腐坊子”，豆腐坊的主人是我七爷，孩子们叫他“豆腐爷”。

豆腐爷生性谦和，幽默好客，喜欢小孩，是个“热闹人”，每天晚上，豆腐坊子成了阎家族人的夜间俱乐部，高朋满座，熙熙攘攘。

我是这里的常客，由于听话、念书，唱歌又唱戏，是豆腐爷最最欢迎的人，别人白喝老豆腐他无可奈何，我不喝他硬要我喝，还叫我“只要到豆腐爷这儿来，把洋瓷缸子带上”。

我每每坐在锅头的烧火灶旁，那里暖和，而且可以烧火玩。我的兴趣在捕捉来访者的每一个自由发言，尤其是说话不带标点的、各不相让的唇枪舌剑。豆浆锅烧开以后，改用文火，这时我们把带来的大白蒸馍埋在炉膛的内侧，轻轻地用热灰盖住。炉膛外的火，越烧越旺，你的故事没彩甭想插上嘴，日本鬼子蒋介石，本地庙会西洋景，东家长李家短，神神鬼鬼，男男女女，天上地下，婆娘女子娃，一水儿的人情世故，比看小说看戏还舒坦。其语言更为生动，大众口头语极富

感染力，让我尤其折服。我有心步大戏剧家范紫东的后尘，不但会唱、会打，而且写戏本，当戏剧家，所以对大众口语格外钟情，默默地印在心里。

等到卤水点完豆腐，豆腐爷一招手，你一勺，他一勺，双手捧住，吸溜一大口，烫得嘴唇直吧嗒，然后，放下老碗，一齐上手，帮豆腐爷压豆腐，算是没有白吃白喝。

夜深了，“看还有啥收拾的？”众问。豆腐爷说：“都回去吧，明儿早些来。”

第二天天不亮，豆腐爷把豆腐推到街市上。豆腐是一流的，紧绷绷的像粘糕，能拿秤钩子钩着称。天擦黑，豆腐坊的常客们早早去了，不好意思地，又觉得没有什么不好意思。

豆腐坊里给我终生的启示，是搜集活在大众口头、具有强大生命力的语言刻不容缓。于是，回到家里，便将豆腐坊里听到的活口语记在本本上，乐此不疲，越记越多。

农忙季节放假了，母亲要抽我的“懒筋”，便赶我到舅舅家里帮忙干活。舅舅家穷，住在地下露天的土窑洞里，窑洞冬暖夏凉，笑声、歌声以及小舅跑壮丁从宁夏买来的媳妇疼我爱我的妗妈擀面的响镯声，交响和鸣，整个窑洞的空气挂满了音符，欢声笑语，其乐融融。白天干活，晚上唱戏、说闲话，同村里的人接触颇多，常往农家场院里和人堆里钻，借机搜集了大量的民间谚语和绝妙的口头语，偶有慧心，编编唱词练练诗。我的那个本本越来越厚。

打场收工后，在场院的井旁、桑间阅读《卖油郎独占花魁》《乔太守乱点鸳鸯谱》《玉堂春落难逢夫》《白娘子永镇雷峰塔》《杜十娘怒沉百宝箱》等“今古奇观”；或干吼“桄桄乱弹”，刺破秦川原野上夜的孤寂。我学会各种农活，而且干得很巧，动作潇洒，虽累不疲，这使我日后受用不尽。“文革”期间，两次被打成现行反革命，劳动改造中加倍地累苦，但是，什么活也没有把我难住。

打自小，我爱看戏，戏曲成了我毕生在读的艺术学校。戏曲的唱词就是我心目中最早的诗；戏剧冲突成为我理解艺术的重要特征；戏曲的对白使我十分看重叙事文学的对话描写；戏曲人物的脸谱反使我对艺术人物的性格刻画产生浓厚的兴趣；戏曲语言的大众化使我至今培养不起对洋腔洋调过分欧化语言的喜好；戏曲的深受群众欢迎使我不论做何种文艺宣传都十分注意群众是否易于接受。渐渐长大，戏曲在我心目中的审美特征日渐突出。《平贵别窑》里一步三回头的种种动作表情和声声凄厉的叫唱撕心裂肺。《十五贯》里娄阿鼠同算命先生言语周旋、顺着锣鼓点在条凳上跳来跳去，将猜疑和恐惧推向极致。《蝴蝶杯·藏舟》和《秋江》不论是说、是唱都在当夜的江中央。《打渔杀家》里桂英女前台焦急地等待老爹，后台同步传出“一五！一十！十五……”的杖击声声声入耳。《四进士》里宋士杰撬门、偷书、拆书、抄书，边动作边唱出的惊恐与激愤惟妙惟肖。特别是我省陈忠实、贾平凹赞不绝口的秦腔，“八百里秦川黄土飞扬，三千万（当年计数）人民吼唱秦腔”，不是唱而是“吼”！不论大净如包公还是小生如周仁，一概发自肺腑地吼，借用全身力气吼，“你们快看啊，我来了！”正是这样唱着、吼着，凉州词、塞上曲，黄沙百战穿金甲，万里黄河绕黑山，更催飞将追骄虏，相看白刃血纷纷，呼啸厮杀，何等悲壮啊！天长日久，不知不觉，我被秦腔引以为荣的艺术个性所浸润，那高亢苍劲、凄楚悲壮，那繁音激越、热耳酸心，还有秦腔作为秦风、秦声所代表的大西北人倔强的硬汉子精神。

戏曲启发我从事“情欲学”的文学写作，一要语言有味观听咸宜；二要具象化，用形象说话，细节传神。绘画与音乐、造型美与语言美，在抽象或半抽象的写意空间巧妙融合，在象征性的一席之地演绎出一出出人生大戏，那样夸张真切，那样和谐优美，那样淋漓尽致，那样入耳入脑、沁人心脾。啊，神妙的传统艺术！

戏曲，我的艺校。

原先总认为中国戏曲侧重写实，过分程式化，少些抽象化，岂知中国戏曲的抽象化表演为布莱希特所汲取，创立间离效果即陌生化的新概念，影响深远。

当然，中国戏曲也带来“和事老”的偏颇，人物刻画的扁平极易导致形象的脸谱化，直、白、露，调和矛盾冲突，“大团圆”结局，削弱艺术批判的审美功能。

集腋成裘，我把那些采集到的绝妙好词编成两大本子，投给北京的《民间文学》。1956 年大学毕业，分配到《文艺报》当编辑，和《民间文学》同在王府大街的文联大楼办公，真叫巧啊！《民间文学》主任陶阳接待我，说他记得那两个厚本本，后来不知去向，非常非常抱歉。我像丢了魂似的，非常非常伤心！

中国文联全委会一片唏嘘　文学进入新时期

中断 15 年之久的中国文联全委会举行，我有幸出席旁听，会上会下亲历亲闻。

1949 年 7 月，中国文联成立；1964 年 6 月，毛泽东批评文联各协“十五年来，基本上（不是一切人）不执行党的政策”，“最近几年，竟然跌到了修正主义的边缘”；1966 年“文革”乱世，中国文联被砸烂；1978 年，中央决定，尽快筹备中断 15 年之久的第三届中国文联全委会第三次扩大会议，恢复中国文联和各协会的工作。

遭遇际会，文联历史上一次极其重要的大集结。

开幕在即，大会宣传组副组长刘锡诚找我，要我加盟，同他和谢永旺一起，突击完成一项重要任务：起草中国文联主席郭沫若致大会的书面讲话稿，时间非常紧迫。

锡诚介绍说，郭沫若卧病在床，筹备组电请诗人徐迟代笔起草讲话，徐稿送于立群后，未获通过。于立群和家人要求讲话稿强调深入地揭批“四人帮”，鼓励文艺家大胆地进行艺术创造。锡诚很着急，说：

“咱们一块儿突击干吧，后天大会开幕，只能成功不能失败！”

我们三人分头起草讲话，特别指出：“在这样的时刻，我们更加缅怀伟大导师毛主席”和“更加怀念敬爱的周总理”，并且加重语气表示：“作为文艺战线上的一个老兵，我愿和同志们一道学习。我向同志们问好！向全国文艺战士们寄以热烈的美好的祝愿！”我起草的部分突出了郭老对二百方针的期待：“科学要进步，文艺要发展，没有百花齐放、百家争鸣的局面，没有首创精神、创造性劳动、敢想敢说的风格是不行的”，“粉碎了‘四人帮’，我们精神上重新得到一次再解放，一切有志于社会主义文艺事业的文艺家，有什么理由不敞开思想、畅所欲言、大胆创造呢！今天，特别希望出现一大批文学艺术的闯将”。整整一个通宵到天大亮，三个部分最后连缀成篇，题目是《衷心的祝愿》。刘锡诚即送冯牧等大会筹备组领导审查通过，随即赶赴北京医院送审。郭老的家属过目后表示同意，希望讲话稿充分表达郭老病中百感交集的心情。

1978 年 5 月 27 日，“中国文学艺术界联合会第三届全国委员会第三次扩大会议”隆重举行。

除老舍等不少人被折磨致死或卧病在床外，340 多名最具代表性的文艺家们应邀参加。由于“四人帮”的残酷迫害，夏衍等拄着拐杖，不少人步履蹒跚被人搀扶着，劫后余生，旧雨相执，热泪盈眶。

茅盾在《开幕词》的开始，就宣布说：根据中央的指示，“我在这里庄严地宣布：中国文学艺术界联合会、中国作家协会和《文艺报》，即日起正式恢复工作。”掌声雷动。

郭沫若的书面讲话《衷心的祝愿》，一经于蓝朗诵，凄婉而激奋，动人心弦，随朗诵音调而起的，是全场一片唏嘘叹惋之声。

“四人帮”倒行逆施的阴谋文艺，激起代表们满腔的仇恨。

15 年了，流血的中国文学艺术起死回生。

第三届中国文联全委会第三次扩大会议，是死的再生、血的警示，是中国文艺史上意义重大的集结和重整，是艺术精魂的复活。

大会《决议》：中国文艺史进入冰河解冻的“新时期”。决定《文艺报》复刊。

《文艺报》1978 年 7 月复刊，抖擞精神，敢为人先，破除“工具”论，为天安门诗钞解禁，为作家作品平反，为《班主任》等“伤痕文学”开路，没有辜负此次文联全委会的殷切嘱托。

2007 年 8 月 26 日

王林：鲁迅给毛主席送火腿的故事

借回陕之便，9月14日，庆生弟陪我走进西安市委书记王林的办公室。

我说，我们慕名而来，想证明鲁迅送火腿的史实。接着，我和庆生提供了有关此事的各种说法。

王林非常认真地听着，说这些情况他大致了解，众说纷纭，莫衷一是，除冯雪峰外，没有人再出来作证。但是，我是当事人，是我亲自送到毛主席手里的，这一点千真万确。接着，王林介绍了以下的情况，凿凿有据，十分生动。

王林说，1936年6月间，我由当时在天津的中央北方局调到陕北苏区。第一次见到毛主席是在距瓦窑堡数十里的清水湾。周总理领我到主席住的一个老乡家的窑洞。主席向我询问了华北的很多情况和日本帝国主义在华北的活动情况，也询问了国民党在华北的势力和我党地下组织的流动情况。毛主席让我次日向中央同志做一次汇报，说大家很迫切地想知道白区的情况。

听取这次汇报会的除毛主席、周总理、张浩等同志外，中央军委的一些同志也参加了，炕上炕下坐满了人。毛主席在听取汇报的过程中有不少插话和重要的指示。

当时，我带了几张白区的报纸给毛主席看。主席说，想看书，这里没有书看，长征途中，为了看到报纸，我们甚至于攻打敌人的县城。

主席问我：“能不能想办法买些书来？无论如何要设法买些书来！”

我问主席要买什么书，是革命书籍吗？

毛主席说：“啥书都要，革命的书要，旧书也要，《红楼梦》《今古奇观》《三国演义》《老残游记》……都要、都要。”

不久，我接受中央的另一个任务，去北平，路过西安，遇到了上海的交通员徐汉光。徐说他通过上海文联等关系同鲁迅先生取得了联系。我提出买书的事，他说他回到上海想办法。我和他约定，买到书以后，把书寄到西安。我当时住在东北军骑兵军副军长黄显声将军的公馆，委托看门人代我收存。除此而外，我在北平通过西单商场等书铺的关系，买了一大批书籍，其中有《国家与革命》《共产主义运动中的“左派”幼稚病》等马列主义经典著作，还有《政治经济学》《社会学大纲》一类的书籍，又在天津和西安搜罗了一批旧小说。徐汉光在上海通过鲁迅的关系买的书（其中有很多古书），以及鲁迅先生送给毛主席的火腿、肉松和巧克力等，一并装在一个大网篮里。大约在八月间由徐汉光或托人迳送到了黄公馆。

后来，我在延安碰到徐汉光，他告诉我说，那些书都是按照鲁迅先生亲自开列的书目选购的，把上海、北平、天津、西安四个地方买的书全部集在一起，总共装了六个麻袋，七八百斤！然后由我通过东北军的关系乘军用大卡车，从西安途经洛川运往延安（当时延安仍由东北军占领）。第二天，苏区派的人到，赶来三头骡子，驮书。晚上，我们由延安出发，到安塞，再到保安，走了两天多，直接送到毛主席的住处。

毛主席住的是石窑洞（现在发行的毛主席1936年在陕北的那张照片，背景就是这座石窑洞，主席正在扳着手指讲话，两条棉裤的膝盖处都打了个大补丁——阎纲注）。记得我还带了一套“一二·九”和“一二·一六”学生运动的照片，是斯诺夫人亲手交给我的，让我转交毛主席。

毛主席一见送书来了，高兴得不得了，叫陆定一马上开书单，决定哪些他留下，哪些书让大家看，以后大家好彼此交换。毛主席郑重其事地告诉在场的同志，有书大家读，一点不能自私啊！

主席挑选书时，拿起这本翻翻，拿起那本看看，连声说道：“太好了！太好了！这是同志们冒着生命危险搞到手的啊！”

鲁迅送的书里，有好几本是他自己的作品，其中有《呐喊》《彷徨》等，有邹韬奋著的一本书，有《世界新闻》，一套《大众生活》，二三十本《世界知识》，还有《论语》，几大本木刻集可以折叠起来，还有不少《隋唐演义》之类的书。鲁迅先生送来的书籍和食物，包括火腿、肉松、巧克力糖等，单独放在一起，占了整个一麻袋。毛主席看见鲁迅送的食物，沉思了一阵，然后大笑，风趣地说：“可以大嚼一顿了！”

关于这次买书，据我所知，解放后毛主席曾经三次提到过。第一次是《论十大关系》发表之前。当时我在北京工作，任燃料工业部副部长，有次去毛主席家里汇报工作，他提到买书的事，说：“书现在还有呀，实在感谢！”第二次，我离开北京前（1958年），陈郁同志告诉我说，你送书的事，主席还谈起过。第三次，1965年10月，中央工作会议期间，毛主席在各大区书记都在场的小会上，又提到这件事，说：“最困难时，王林同志给我带来了好多书。”

…………

不料，这一具有历史价值的事件，却成了文学史上的一桩疑案。

我们相信王林的记忆，他亲手操办的事历历在目，他谈话的内容具体生动，时间、地点、事实、当事人一应俱全，无一事无出处，全国解放后，毛主席多次点王林的名说他送火腿的事。然而，却同原先的史载与传言相去甚远。

一年之后，庆弟把王林谈话的内容转送鲁迅研究专家唐弢，请他厘正此案，很快，收到唐弢先生的回信。

庆生同志：

……从王林同志谈话看来，我觉得送火腿，和冯雪峰说的似乎是一回事。冯雪峰说相隔时间很近，当时条件困难，决无送两次火腿之理。

由于年代已久，往往记错，我以为这里肯定有一方面记错了的。

匆匆，即致

敬礼

唐弢

1977年10月11日

固然，火腿是不是冯雪峰送的已无悬念，关于火腿送达陕北后领袖们的欢喜，却被王林记述得栩栩如生，饶有兴味。

49年进城后，毛主席在大会上多次提起陕北时期，无书无报，很闭塞，王林送来几麻袋的书，大家交换着看。

“居然泪尽还一笑”

——关于“世纪印象”的对话（精选）

朱竞：阎纲先生，您在文学界被称为“勇士”，真为您骄傲。您曾参与了新时期文学的呐喊，以过人的胆识和勇武仗义执言。您的批评文体独具一格，这些都让人感动而难忘。您的大部分时间是在 20 世纪度过的，20 世纪知识分子最冤，知识分子蒙受的灾难深重而特殊。

阎纲：是啊！人一出生就应该是平等的。有痛而言之者：“通读二十五史，深感中国人活得没有尊严。”陶行知于中华民国将亡之时说过：“中国要到什么时候才能翻身？要等人命贵于财富，人命贵于权位，人命贵于机器，人命贵于一切，只有等到那时，中国才站得起来！”

朱竞：您认为“知识分子精神”存在吗？您怎样理解这一精神？

阎纲：在中国，知识分子的称谓，带有很大的不确定性。

朱竞：您说得不无道理，那么，中国到底有没有“知识分子精神”存在？

阎纲：有！那就是继承中国古代名士而致力启蒙运动的五四前后知识分子独立的人格和自由的精神，代表人物是鲁迅。中国“知识分子精神”，就是“鲁迅精神”——彻底的、毫不妥协的反帝反封建主义！

1893年，已经是73岁的恩格斯在《致意大利读者》中大声疾呼："封建的中世纪的终结和现代资本主义纪元的开端，是以一位大人物为开端的。这位人物就是意大利人但丁，他是中世纪的最后一位诗人同时又是新时代的最初一位诗人。现在也如1300年间那样，新的历史纪元正在到来。意大利是否会给我们一个新的但丁来宣告这个无产阶级新纪元的诞生呢？”在中国，封建纪元的开端，历史给了我们屈原和司马迁；商品资本开端，历史给了我们一个曹雪芹；民主主义开端，狂飙的五四给了我们一个精神界的伟大领袖鲁迅。“鲁迅是莱谟斯，是野兽的奶汁所喂大的，是封建宗法社会的逆子，是绅士阶级的贰臣，而同时也是一些浪漫谛克的革命家的诤友。”（瞿秋白《鲁迅杂感选集·序言》，着重号系原有）毛泽东说：“鲁迅的方向，就是中华民族新文化的方向。”鲁迅精神当然就是中国现代知识分子精神的根了。

朱竞：在您看来，中国20世纪知识分子所承担的最大责任是什么？

阎纲：但观大略，就是精神文明、科教兴国。

朱竞：您最心仪哪一种类型的知识分子？

阎纲：市场大了，知识分子已经分化，什么鸟儿都有，大家叫得多么动听啊！还是老祖宗那句话：“殷忧启圣，多难兴邦”。中国现在迫切需要的是切实的助力，精神的文明，物质的文明，忙得要死，要赶路也要休息，“帮闲文人”最讨嫌。

朱竞：您认为中国20世纪最优秀的知识分子是哪些人？

阎纲：要是按其本意不包括当过大官和领导在内的话，中国20世纪最优秀的知识分子当然是一代文宗鲁迅那一类的社会股肱、民族魂——学问最大、奋斗最力、骨头最硬、贡献最大、封建势力最怕。

去年，中国作家协会主席巴金为文代会和作代会致开幕词，勉励文艺家继续以鲁迅先生为榜样，肩负起文化建设的重任。巴老是中国活着的文豪巨擘，我们后学晚辈，不能辜负这位“讲真话”的老人。

朱竞：您认为现在作家的写作与当官有什么联系？

阎纲：王蒙的逻辑是：“想当官的作家，不如想当作家的官”。冯骥才的逻辑是：“想当官的官，不如想当作家的作家”。王朔的逻辑是：想当作家的作家，不如不吃官饭、不端公家饭碗的作家。巴金一辈子不领工资，“文革”后不随人俯仰，坚持“讲真话”。冰心说她无级可降，无官可罢，“坐以待币”而非“坐以待毙”。

朱竞：在您的人生经历中，曾有过种种不同的体验，最痛苦和耻辱的体验是什么？

阎纲：最痛苦的事是屈打成招，承认自己是“五一六匪徒”，却供不出我所属的“五一六”支队的具体名称，真不如做个真凶，哪怕关在中美合作所坐老虎凳、灌辣椒水、扔进镪水池，死也死个明白。最耻辱的事是我高喊“专政万岁”，最后被“万岁”不容分说地专了政。专案组说：“不承认，苏修来了就枪毙你阎纲！”幸亏没被枪毙，枪毙时再喊“万岁”岂不无耻万岁了！

朱竞：能否讲一讲让您最苦恼的事？

阎纲：把我弄成“五一六”，拳脚相加，一审就是大半夜，饿得我晃晃悠悠，黑灯瞎火，尊敬的严文井偷偷递给我一根狗骨头，我的泪水一下子涌了出来。但是，这里有着深层的悲哀，猩猩惜猩猩，知识分子惜知识分子，走资派惜“五一六”，都觉得冤得慌，可是，谁不承认自己的原罪啊？

朱竞：我想严文井先生可能忘记了在苦难的日子里曾扔给您的那块救命的“骨头”，但您却从那块骨头看到更多的人性、道德、良知的存在，看作是他对您在精神上的支持。那么，近些年来还有让您恼火的事情发生吗？

阎纲：这一届文代大会和作家代表大会闭幕（2001年12月23日）的当晚，人民大会堂火树银花，江泽民主席同大会代表联欢。晚会开始前，“人民的文艺家”们，却被中央电视台一位曾经多次导演过春节晚会的大胡子导演“导演”了一回。大导说：“联欢会就要开始了，你们是‘人类灵魂工程师’，该热烈鼓掌时要热烈鼓掌，要懂礼貌。”又叮嘱说：“一个节目演完，也要热烈鼓掌，要尊重别人的劳动。”被导、被训之后，在座的代表颇感不安：是不是幼儿园阿姨教育她的小朋友：“你们不是小乖乖吗？不要闹，要听话！”归途，满车厢愤怒起来，好事者纷纷让我写杂文出这口恶气。我说：“岂敢！”但是，在为元旦而写的《盛会过后是新年》中还是发了几句牢骚。

早在60年前的1942年，诗人艾青写了篇文章《了解作家，尊重作家》，“生不用封万户侯，但愿一识韩荆州。”1957年反右时被打成大毒草。艾青只不过比喻“作家是一个民族或一个阶级的感觉器官”而已，距离两会期间被朱镕基总理尊为“人类灵魂工程师”还差一大截子呢！

朱竞：您最挚爱的对象是什么？

阎纲：个人诚可贵，公众价更高；“天下为公”，“四海之内皆兄弟”。

朱竞：您对两性感情领域的自由和责任是怎么理解的？

阎纲：人性与理性相伴，权利与义务相随，民主与法制相向，自由与责任相应，都是天经地义。只要爱着，就要崇拜、呵护；只要结婚，就要严守一夫一妻制。但是不要相信海誓山盟，也不要恪守从一而终，君不见田园牧歌式的、男耕女织式的、老婆娃娃热炕头式的美梦已经破灭，人欲横流，男人变了，女人变了，爱情随之变味了。

朱竞：现在研究女性的著作多起来了，女性文学走红，全社会都在关注女人在爱情生活中的生存状况，您如何看待这一现象？

阎纲：女人是个谜，敏感，多情，深不可测；明访暗访一大堆，难以穷其妙理。男女性别差异的鸿沟本来就深，只不过长期被掩盖着罢了。

爱情生活大体分为三个阶段：青年，中年，老年。青年人，“干柴烈火”；中年人，家庭压倒婚姻，更年期使爱情变成地雷；老年人，人老珠黄，一切看得很淡，老伴老伴，老来好赖有个伴儿就行。我以为，足金的爱情属于年轻人。

爱就是爱，爱你没商量，要死要活，谁也拦不住。爱，是没有条件的，但爱是有含金量的。马克思，谁个不尊，居然写信给热恋中的小女询问对方家里的财产状况。爱着，又趁几个钱，婚姻就是铁打的江山；其中一样出了问题，比方说前景无望、哀怜无助，那么，爱，只好是不能忘记的了。

女人啊，你的魅力叫母爱（母系社会最崇高、最富亲情的遗传基因），你的胎记叫贞烈（母系社会瓦解后父系社会对于女性泛爱的报复）；你的诱惑叫美丽，你的本能叫嫉妒；你的原罪叫献身，你的痼疾叫多疑；你的不幸叫色衰，你的武器叫眼泪；你的资源叫温柔，你的名字叫软弱；你的验方叫生育，你的颓势叫肥胖。看，美容、减肥、拉眼皮、抽脂肪大行其道，少妇、老妪乐此不疲，“女为悦己者容”。

朱竞：您认为现代婚姻自由吗？什么才是真正意义上的自由婚姻？

阎纲：婚姻自由潜伏着婚姻的不自由。年轻人只恋爱不结婚，老年人只同居不登记，不失为爱情婚姻领域的一种准自由的尝试，起初，看不惯，现在，默认或理解的人越来越多。

真正的婚姻自由只能是男男女女都趁钱，富得流油，个性全面发展，消费随心所欲，那时候，财产的分割，子女的抚育，老人的赡养，一概不在话下，谁占有谁呀？谁依附谁呀？这种真正合乎天性的两性自由，真正的灵与肉、性与爱不分青年、中年、老年而在人的一生始终如胶似漆的自由，恐怕要等下一个百年——22 世纪了。

朱竞：对您影响最大的书是什么？

阎纲：《史记》《红楼梦》《药》《鲁迅杂文》《复活》《悲惨世界》等。

朱竞：您是否有成功感和成就感？

阎纲：没有。见贤思齐，十万八千里，朱竞女士，我说的是实话。

朱竞：能不能举出几位您最推崇的中国当代作家和中国当代批评家？

阎纲：要是视大家为艺术家兼思想家的话，不论是创作水平还是理论高度，比来比去，当推王蒙。有诗为证："居然泪尽还一笑，不是王蒙写不成。"（诗见邵燕祥的《读〈狂欢的季节〉》）

朱竞：您认为中国当代文学创作的主要问题是什么？

阎纲：目迷五色，耳乱八音，爱得不深，恨得不狠。古今至文多血泪。我深信鲁迅的四字诀："忧愤深广"。

警惕作家道德滑坡以至贵族化。创作是创造也是竞赛，比赛到了最后，真正的优胜者，只能是像鲁迅、巴金一样弘扬民族精神、呼唤美好心灵、艺术魅力不可抗拒的那些肩起闸门的人。

朱竞：文学研究是您终生要从事的事业吗？如果离开文学，您最想干的事是什么？

阎纲：我并非以文学为业，如果离开文学，我还有电脑、大笑和散步。

朱竞：您能否预测一下，下一届诺贝尔文学奖得主可能出在哪个国家？可能是哪位作家？

阎纲：您可真把我给问着了！我不知道，我不知道，真知道也不能在这儿说啊！

2002 年 7 月［选自朱竞编著《世纪印象——百名学者论中国文化》一书（上）］

农民作家弥留之际的忏悔

手术台上接二连三的宰割，未能留住他的肺息。他的去世教我悲痛难忍。

生命对于乔典运已经很不耐烦，他在病床上“拼命”了，病榻上，临终前，支撑着，日夜兼程，以常人难以想象的毅力留下自述传体的文字，终未完稿而成绝唱。

人之将死，其言也真，《命运》是九十年代作家的忏悔录，一位作家弥留之际痛彻肺腑的心声、血泪浇铸的格言，也是对同辈、后辈作家的遗嘱！

原文分列如下：

一、“我看到了笑脸就悄悄笑，认为自己真有上书的材料了，便不知天高地厚地学下去，现在回头想想也多亏不知道当作家的苦处和难处，要是知道了以后会因为当作家受那么多磨难，说啥也不学着当作家。话再说回来，当时我要没病没疾有盐有饭吃再有几个零花钱，我也不会学着写稿的，我完全是被贫困交加逼上文学这条路的。”

二、“我终于参加了武汉作家协会。本来应当高兴高兴，可是经过重重磨难之后，我开始懂得了：人想平安，你就要不如人；想找死，你就得比人强。我学乖了，这一次没有欢喜若狂。变得像孙子了，这就是进步。”

三、“卫星上天了，食堂的饭稀了。”“说是站在麦垛上对着太阳点袋烟。比起人家我写的算个屁，吹得还轻，只是个小吹家吧。一个人能这样想，可见良心这玩意儿要是想扔了比什么都容易。”

四、“通过这个会议，我懂得了如何生存。制造火箭的人明知是假火箭偏要当成火箭卖的人，都因为不愿和别人一样站在地上，想上天才毁了自己。从此以后，在漫长的人生路上，我夜里没有做过上天的梦，白天连上树也没有想过，高人自然比我高一头，见了侏儒我也要蹲下去让他比我高一头。因为想比别人高一头的人，最后一定会比别人低一头。”

五、“我又被这种热烈气氛和群众敢想敢干的精神感染了，神经一天到晚处于兴奋状态，还是见啥信啥听啥信啥，可见人是轻易不会接受教训的。”

六、“字是什么？是最漂亮称心的情人，是升官发财的敲门砖，是人类进步幸福的手段，也是杀人害命的刀子，玩字的人祸福无定，可能一篇文章做得好便飞黄腾达一切都拥有，也可能一字之差命丧黄泉，险！”

七、“副刊是正刊的影子，正刊登什么副刊把它变成曲儿再唱一遍，千万不能走样。我编了一段副刊，还算顺手……哭着哭着不由笑了，真傻，把行文中的抗旱改成抗洪不就成了？像‘抗旱抗得天低头’，改成‘抗洪抗得天低头’，啥时需要啥时掏出干粮就是馍。”

八、“上级号召县县出鲁迅，村村出郭沫若。杨兰春一鸣惊人，说，别说县县出鲁迅了，能把鲁迅的文章抄完就不简单了。就凭这一句话他又当了一次名人，被下放到方城县农村劳动了。”

九、“一张张饿极了的脸都会吃人。”“中国的老百姓太好了好极了，只要把他们失去的东西再还给他们，他们就会忘了刚刚经历过的痛苦。”“也不透个信就反戈一击了？朋友？天下真有朋友吗？若干年后我终于悟了一点，朋友也得自己先活了才讲朋友。”

十、“夜是什么？人人的概念是家，是灯火，是妻小，是床，是安乐窝。我尝到了夜的另一种滋味，漆黑，呜叫的风，冰冷的石头，扎人的野刺，还有没边际的恐怖，这里那里忽然哗啦一声，汗毛头皮都立了起来。席梦思床上一粒沙子都会感觉硌人，睡在乱石乱草上全然不觉。”“为啥现在都要革命都争着革命，因为现在革个命太容易了，不用枪不用炮不用流血不用牺牲，嘴一张一合把手无寸铁的人打成反革命，自己就成了响当当的革命派。……把别人都打成了反革命才能把别人所有的一切夺过来归自己所有。普天下的人要是都成了反革命，只有一个人是革命的，这个人该多么伟大多么正确呀！”

十一、“二十多年过去了，‘文化大革命’的余悸还在折磨摧残着郑大婶，只要听到呼喊口号她马上就拉稀。郑大婶何罪？只是给有家难归的人一个住处一碗饭，就被恶人侮辱打斗。深重的负罪感一直压迫着我，我永远报答不完这恩情！”

十二、“真正的英雄是我的儿子小泉。当时，村里没有一个人敢替我说话，妻子和三个女儿也只能远远地用眼泪看我。小泉只有三岁，他天不怕地不怕跑到我的身边，双手抱住我的腿，仰起头睁大怒眼看着众人，就这样一直到斗争会结束。一个三岁的孩子，面对着一个疯狂了的世界，毫无惧色地搂着我的腿，在歇斯底里的吼声中，这是一个巨大的力量，我好像靠着泰山站着。”

十三、“山里人来公社就像县里人上北京一样新鲜，何况是斗争大会，男女老少都来了。看斗争人是人生最大的乐趣，因为看到了比自己还不如的猪狗，发现自己比一些人还高一头两头，心里比喝糖水还甜。”

…………

《命运》刊登在河南《莽原》上。恕我述而不作，抄录过繁。鲁迅说：“《小说旧闻钞》，该抄还得抄。”

《命运》用自己亲身的经历还原了历次的政治运动，用真实的细节诠释了绝顶荒唐的历史，也给我辈知识分子画了像，为中国文学留下前改革时代中国知识分子苦闷历程的缩影。

一部《命运》，象征贝多芬的《A 小调第五交响曲》(或称为《命运交响曲》)，实际上是一部“临终忏悔”而未完成的安魂曲。

作家杨曾宪问得好：“谁来续写《命运》？”

“失去”的抒雁

雷抒雁在《母亲》一诗中说：“在所有的词里我最怕‘失去’。”他现在“失去”，我怀念他。

“解放思想”的十一届三中全会召开，几乎同时，山寨版的《今天》创刊，诗坛大爆炸，诗歌大解放，《诗刊》1979 年 3 月号上发表了北岛写于两年前的《回答》。

聚集在《今日》周围的北岛、芒克、舒婷、食指、多多、严力、小青、方含、江河、杨炼、顾城等一批新潮诗人，在西单民主墙和高校校园脱颖而出，轰动一时。有人激动地大叫“好得很！”，有人像着火似的惊叫“糟得很！”。

《回答》在呐喊：“看吧，在那镀金的天空中，/ 飘满了死者弯曲的倒影。”“冰川纪过去了，/ 为什么到处都是冰凌？”提出“为什么”，“回答”“为什么”。

也几乎与此同时，雷抒雁在《空气》里欢呼：“快把窗户打开，快把窗户打开！/让新鲜的空气进来！”呼吁开放和引进。

1979年6月，雷抒雁的《小草在歌唱》急就于8日的曙光中，小草“打开”冰封的心窗，问天理、问良心：“法律呵，/怎么变得这样苍白，/苍白得像废纸一方；/正义呵，/怎么变得这样软弱，/软弱得无处伸张！”

也在发问：“这是为什么？”

“小草”在诗歌朗诵会上“歌唱”，掌声如潮，瞿弦和连续谢幕6次，破了纪录，成为新诗历史上辉煌的一瞬！媒体破例报道了空前的盛况，《光明日报》破例用了几乎一个整版的篇幅全文发表。

“这是为什么？”诗人的义愤指向当朝也指向自我，向自己的党问责而且向党员的“我”痛自谴责，电击一样地震人！

掌声如潮，诗人声名鹊起。

拨乱反正时期的文学到底是“向前看”还是“向后看”？“歌德”还是“缺德”，或者是毛泽东说的“现在还是放得不够”？解放文艺，要不要在表现形式上闯禁区，革故鼎新，提高艺术质量？

1979年7月3日，歌唱《小草》的20多天后，收到抒雁致我的一封很长的信。

这封1140个字的长信，其可贵之处，在于结合《小草》的创作经验，对新潮诗人出现后如何看待新诗的义愤与质量等问题提出“大胆引进西方”的重要课题。

新诗正遭遇形式上的危机，陈旧的手法远不够用了，而隐喻、象征、通感、透视关系、打破时空秩序等自由想象的手法却展示了自由歌唱的前景，所以，雷抒雁相当自信地说：“看来，为创新而‘引进’，将是一种趋势。”

这一呐喊是需要胆识和勇气的。

要是说《小草》是雷诗的符号的话，那么，这封长信就是雷诗的宣言。

怒吼的《小草》和“引进”的长信发表之后，雷抒雁致力于短诗的创作，连续写了《雷雨》《雨滴》《树》《雨后》《早熟》，一首六行，一首八行，三首四行，何其短啊！看《早熟》：

动乱的年代，
是火热的气候；
只用了半年的时间，
孩子就像父亲一样成熟。

五首短诗以《夏天的小诗》为总题在《星星》上发表，艾青著文赞叹不已，惊呼这是“真正的小诗”，“每一首都带来一股逼人的清新的气息”，“留下深刻的奇特的印象”。

非常明显，雷抒雁精心于自由联想，意境契合，实践雷诗宣言，开始打磨自己的诗风了。年复一年，又是抒情诗，又是哲理诗，全力铸造绝句式的末句，余味曲包，精致再精致。

直到合辙押韵、气韵生动的《泾河，渭河》——再到《母亲》：“在所有的词里我最怕‘失去’/‘失去’是词里的刀子/母亲，我轻抚着我的伤痛/想说给有母健在的所有人”——再到2011年发表在《人民文学》9月号上的、我认为堪称绝笔之作的《泥土之门》。

年复一年，“孩子就像父亲一样成熟”的时候，抒雁的“小草”又在我的心头“歌唱”，同时想起他所谓的“文革”后的孩子“像父亲一样成熟”的诗句。

2003年，抒雁病倒，王巨才告我说，直肠癌已经到了晚期，但他心理状态极好。我去医院送他一盆文竹，文竹常年青翠，似竹有节，堪可喻之。抒雁知道他家有该病的家族史，也知道他的病不是早中期，但是出奇地坦然，像个不怕死的钢铁战士。乐乐呵呵，一年两年过去了；跑跑颠颠，三年五年痊愈了；六年七年像没事的人了；八年九年平稳过渡，果真像科学证明的那样：爱心多，内啡肽排泄就多，免疫力自然增强。奇迹出现了，亲友们奔走相告。

2004年，梁澄清在咸阳建立“当代作家手稿收藏文库”，要我们题词。我题：“秦始皇在这里焚书坑儒，咸阳人为历史不舍儒书。”抒雁题：“把书藏进图书馆，就是把你藏进历史。”梁澄清大为惊诧，称赞我和抒雁。我说：“我是‘呐喊’，他是‘歌唱’；我是散文，他是诗；我是水，他是酒；我是礼泉人，他是泾阳人——都是咱咸阳娃！”周明说：“我也是咸阳娃。”抒雁说：“周至已经划归西安了。”周明说：“周至依山傍水，秦岭到处是隐士，我们死了埋到那儿去。”我说：“我才不去呢，去图书馆。你们中国现代文学馆就是作家的八宝山，文学馆书架上的著作就是作家的骨灰盒！”抒雁哈哈大笑。

抒雁热爱生活，博览群书，什么都懂，是个杂家，喜欢插科打诨，嘴上挂着俗文学，一不留神就来荤的。而且好辩，你说东，他偏说西，强调真理的片面性，最爱抬杠，兴起，放浪形骸，像个顽皮的小孩，不知毛发之既白。他隔三岔五跟我通话，天南海北，指天划地，无所不谈，网上发现什么，文坛什么花絮，某某作品好看，凤凰台正在播什么，我的电话铃就响了，哪怕我正在吃饭。北京文坛有个以周明为盟主、松散而团结的陕籍团队，乡党聚会分外热闹，最爱打闹的就是抒雁，红黄蓝白黑，一应俱全，雅号“文坛基辛格”的周明哪是他的对手！我们仨加上何西来，陕人称作“北京四老”。周明引用田珍颖的话说：“人过70，进入倒计时”，抒雁最小，却不注意养生，咱“四老”

可得注意了，谁都不能走！我说：是啊，像张艺谋说的：“一个不能少！”所以，我和周明只要听见抒雁咳嗽，就劝他不要过多地外出走动，他听不进去，此人一年到头像旋转的陀螺，没有工夫叹息。谈及陕西饭，他立马上劲，滔滔不绝，说吃家乡饭那才叫“美”，解馋！舌苔上的记忆、味觉的记忆最顽固，牵动人的一生，陕人吸食面条的咂咂声让人听见麦客喳喳的割麦声。又说，口味让人变得原始、恢复野性，谁想认识陕西人，就得看咱陕人怎么吃面（所以他住院时李健看他，叮嘱她只带上岐山臊子面就行）。我请教他怎么用自发粉烙陕西锅盔，怎么用芹菜泡浆水做浆水面，他如数家珍。他敬惜一切生物，更爱狗狗，白天带出去遛，晚上睡觉，狗狗忠实地守卧在他的枕边。我问他：“狗狗、马利，你最爱哪个？”“她哪能和它比？”马上又笑了：“没有可比性嘛！”狗狗死了，抒雁惶惶不可终日，儿子买回一只新伙伴，他才把心放了下来（家人惊异地发现，抒雁去世，狗狗蔫了）。真不知道一个癌症患者化疗一遍一遍地做，头发一茬一茬地掉，哪来这么大的精神头啊！

鲁迅大病之后，午夜醒来，叫醒许广平开灯，问他要做什么，“什么也不做，只想看看”。及至卧床不起，仍呼家人“拿眼镜来，拿眼镜来！”。他留恋，要感觉存在，感觉活着。叹道：还有许多工作没做完！颖异过人如抒雁者，于此当了然于心，“还有许多工作没做完！”便抓紧时间赶快做，有机会，四处奔波，哪管旅途劳顿，哪怕行万里路，正像他崇拜的司马迁那样。他说过：“说给大家我写作的秘密：我是一个陕西人，司马迁是我精神和文学的教父，他忍受肉体被阉割的痛苦，给我们留下一部《史记》，司马迁假如只是捂着裤裆写自己疼痛，我们就看不到《史记》！”

从 1979 年起，我和抒雁交流观点，臧否文坛，过从甚密，直到 30

年后的 2009 年 3 月西安召开的“人民诗人雷抒雁诗歌朗诵会”。

雷抒雁说:“人民诗人”不敢当，我只想作个“人民的诗人”。

研讨会对雷抒雁《小草在歌唱》和他的诗作倍加赞赏。畅广元直言:《小草》标志着一个精神高度，但新世纪后，雷抒雁在追求精神的高度上，不像当时那样热切和强烈了，我依然怀念让我警醒的“比我还肮脏的愚蠢”。杨乐生附议说:诗人不见了，遍地都是写诗歌的人，在诗歌创作的困局中，诗人缺少了在危局中守持的精神。一时间会场活跃，七嘴八舌。

雷抒雁说话了:读者要求作家延续原来的高度，能否达到，是他的才能决定的。我就是一个平庸的人在写诗。现在，我要念一首我的《掌上的心》给你们听:

如果我能把心托在掌上
像红红的草莓
托在厚厚的绿叶上
那么，你就会一目了然
你就会说
哦，多么可爱的红润

可是，如果我真的把心托在掌上
像红红的草莓
托在厚厚的绿叶上
那么，定会被可恶的鸟啄破
我该怎么说呢
该怎么表达这裂心的痛苦?

这是抒雁的名诗，意在表达与人难于沟通的个人经验，大家一时蒙了。他接着说："在诗歌里，我强调社会经验，但不否定个人经验。"可是，雷抒雁这番话不为在座的评论家所理解。我站了起来，说：抒雁，你所答非所问！中华民族还在苦难中前进，我们不能要求你代表谁说话，但希望你葆有原先的批判精神……话音未落，大家纷纷议论，雷抒雁也站起来抢了话：写诗的确是很难的。对文字，我有一种敬畏，我的文字中必须从我的血管流出来，可能不深刻、没高度，但那是我这个时代最真实的东西，我愿意跟这个时代同步行走。你们今天真的给我敲了警钟。

也想起大山

一

读习近平总书记16年前的《忆大山》，感动之余，想得很多。

> 此后的几年里，我们的交往更加频繁了，有时他邀我到家里，有时我邀他到机关，促膝交谈，常常到午夜时分。记得有好几次，我们收住话锋时，已经是次日凌晨两三点钟了。每遇这种情况，不是他送我，就是我送他。为了不影响机关门卫的休息，我们常常叠罗汉似的，一人先蹲下，另一人站上肩头，悄悄地从大铁门上翻过。
>
> ……临分手时，俩人都流下了激动的泪水，依依别情，难以言状。

动人心者莫过于那份平等待人的真情。一个地方上党的执政者，面对思想活跃、敏感多思甚至“多嘴多舌”的作家掏心窝子实属难得，更何况是一位心向佛门的非党作家。不歧视、不俯视，也不设防，礼贤下士、不耻下问，终于在一个共同点上有所理解和发现，从而结为好友，“他那忧国忧民的情愫，清正廉洁、勤政敬业的作风，襟怀坦荡、真挚善良的品格，刚正不阿、疾恶如仇的精神，都将与他不朽的作品一样，长留人间”。

难怪作为总书记的习近平号召全党改进文风，强调说：“改进文风领导要带头，在实际生活中‘望闻问切’”，“进一步创造鼓励讲真话、提倡讲新话的宽松环境”。

党员领导干部如何接近党内外作家，不妨先在感情上进行沟通，以真情动人，寻找共同点，然后晓之以理。

二

1983 年 7 月，通知我到《小说选刊》参与扩版和扩大发行的工作，匆忙上路，直抵伊犁，自伊犁，再乌市，过兰州，经宝鸡，到西安，沿省叫卖。

在西安，和新上任的《人民文学》主编王蒙不期而遇，副主编崔道怡与他同行，他们也为扩大刊物的影响四处游说。

王蒙已经当选党的中央候补委员，到什么地方什么地方的政府负责接待。出行，警车开道，颇有点威风八面的味道。王蒙说他很不习惯，可是没有办法，我倒是冒充了一回首长。

由延安到太原，过河北看望当地作家，回京途中，到了正定，在张庆田陪同下，专程拜谒大佛寺，意外地遇见贾大山。

《取经》之后，大山以孙犁为师，纯正、简洁、幽默又兼幽深，琢磨他自己写作的路子，深入浅出，避贤敛迹。地区和省上几次调他，他不去，这一点很像乔典运，真心为农民写作这一点上，也像乔典运；静如处子，心到神知，古井无波，严格素食，又像是出家人。但是在众人举荐和以习近平为县委副书记的县领导的反复动员劝说下，从文化馆长升任正定县文化局的局长。此时的大山，正受命修复隆兴寺大悲阁、天宁寺凌霄塔和开元寺的钟楼，以使古刹逐渐恢复其盛世的风貌。他虽然视文学如生命，却潜心于文物和古建，就地扎营，汗湿涔涔，夙夜匪懈，人不堪其苦。由他陪同我们参观，当然是最理想不过的了。

面对海内宝刹第一名区的"大佛之城"，大山如数家珍，依次介绍世界古建筑孤例的宋代建筑摩尼殿，鲁迅先生誉为"东方美神"的倒座观音，中国古代最高最大的铜铸大佛，中国古代最精美的铜铸毗卢佛，还有隋碑第一的龙藏寺碑等等，极富宗教教义、建筑学智慧和雕塑艺术之美的解说，把我等顿时引入佛门净土。

大山兴致勃勃，但一圈转悠下来，兴奋之余露出疲惫的神色，他太累，深感肩上担子的沉重。

我们要离开，大山把我拉到一旁。我抢先询问他的工作情况和写作情况，他说文化局的工作责任重大，现在又搞修复，两头忙，哪顾得上写作！我一再嘱他再忙也得写点，他却一而再、再而三地提醒我再书生气也得帮咱基层说句话，多少给大庙化点缘……

返京路上，我向王蒙转达了大山"化缘"的请求，王蒙说"看情况吧，尽量"。到了儿，我们没能给他求布施"化"到"缘"。现在想来，要是推迟到 1986 年王蒙当上文化部长，我接着主笔《中国文化报》，事情也许一蹴而就，因为当时的文化部管着国家文物局。

1997 年 2 月，大山食道癌逝世，前后又有鲍昌、张弦、刘绍棠、路遥、邹志安、金铮、杨凤兰、乔典运和王保成英年早逝，我很难过，哀其不幸，写了《忍看朋辈成新鬼》。

大山耐得寂寞，厚积薄发，把每一篇小说当诗来写，修改作品越改越短。后期的小说颇有古风，深入展示北方农民苦难而智慧的灵魂，深沉但不沉重，悲悯却带幽默，锤炼语言到了苛刻的程度，内藏禅机。

大山的作品不多，但精致。孙犁说读大山的作品像是吃未经污染的棒子面，“一片慈悲之心向他的善男信女施洒甘露”。还“诌了四句顺口溜：小说爱看贾大山，平淡之中有奇观，只是作品发表少，一年只有四五篇”。

大山的文学简历非常简单，生前没有作品集出版。铁凝仗义，亲手筹划，出版了《贾大山小说集》，写了感人的序言。

她夺回失去的美丽

——赵泽华《坚守生命》序

大约 7 年前，赵泽华瘸着腿，出现在《三月风》举办的“长江笔会”上，热情主动却十分腼腆。她生性和善，爱诗，长得白净，很美，可是，灾难是毁灭性的，厄运践踏了青春。瓷人儿被打碎了。

她 19 岁时探母，被火车轧伤，生命垂危，左腿截肢；中年，又从楼梯上倒栽下来，左手骨折，手术错位。从父亲被打成反党分子劳动改造起，灾难就像冰雹一样砸落下来。

她遍体鳞伤，离死亡仅仅咫尺之遥。她选择了尊严和价值，蓝天和太阳，还有飞翔的翅膀。

生命之于人，只有一次，她起码死过两回。她站起来了。四时八节，天气变化，骨骼和伤口疼痛难忍。

我非常喜欢同命运较劲的人，他们是我最喜欢的拳王争霸赛里虽然被击倒却始终不肯屈服的精神胜利者。

我和她站在船尾，注目跳动的长江，任凭浪花翻卷相继远去。我鼓励她坚韧地活下去，一手好文字，继续写吧，“你自己就是一首长诗”。

史光柱来了，他用耳朵看见我，一下子扑了过来，抱住不放。史光柱的记忆力异常惊人，竟然把我此前写的《瞽之呼》背诵了一大段，以示对我的感念，同时激励柔情如水、坚强如钢的赵泽华为残疾人作家争光——

伤残之躯竟有如此完美的灵魂、审美的灵感，以难于常人百倍的毅力“写”出一篇接一篇极富本真的命运之歌。痛苦的感觉可能使他只看到悲剧的世界，审美的思考才使他认清人生的喜剧意义。钱钟书说：“痛苦比快乐更能产生诗歌。”史光柱不但出入人间、地狱两重天，而且来往于光明、黑暗两个对立的世界；不但在疆场超越死亡，而且在文学中突破阴暗，失明却不失战士的风骨和人格的尊严，人性美与散文美相得益彰。双目失明者用生命“写”出血泪至文，他也就找回自己的眼睛，这眼睛是诗，又不仅仅是诗。

1992年11月24日

如泣如诉如小溪流之歌，我们的泪水渗出眼眶。赵泽华决意写出血泪长篇。

2009年年初，自传体纪实文学《坚守生命》出版，网民反应热烈。

她这样描述疼痛：

剧烈的疼痛向我袭来，这种疼痛的猛烈程度让我感到吃惊和害怕。

有时是一种烧灼感，就像有人夹着一块烧红的煤，一下一下烙在我的伤口上，让我无处躲闪；

又好像有人握着一把生锈的铁钳，拼命夹住我脚拇指的指甲，然后发狠地合拢铁钳；

还有时像有一把钢针不断地扎在脚面上，一种非常尖锐的痛；

也有的时候，脚后跟的部位像被人钉进一根铁钉，痛得很钝、很深，还有时疼痛像刀割一样，让我痛得眼前一阵阵地发黑。更多的时候，那种疼痛无法形容……

我的全部记忆里全部思维里都被铺天盖地的一个“疼”字占满了。

剧烈的疼痛让我伤口猛烈地抽搐，我甚至能够听见骨头“咯咯”的响声，连我睡的这张铁床也止不住地颤动起来。

这种疼痛像一个魔鬼，昼夜不停地疯狂地折磨我，它似乎有一种穿透力，一直痛彻骨髓。

因为用力咬牙忍耐，我咬破了嘴唇，恨不得咬碎牙齿，咬得太阳穴都不敢碰触，那真是一种酷刑。

它的无休无止终于激发起我强烈的反抗精神。

疼痛，已经成为我生命中的常态，终其一生和我如影相随。

抵御疼痛比拒绝死亡更艰难。我自己亲历过全麻手术的宰割，也亲见过女儿阎荷五种超常难忍的疼痛，都不及其对于赵泽华如此的残酷、频繁和难以名状。

母亲多次病危后不舍离去；弟弟妹妹们屡遭磨难。她还有自己的爱情和家庭。赵泽华的青春，完全浸泡在无比疼痛的血水之中。

既要活着，又要生活，可是工作在哪里？自己又能做些什么？

命悬一线，只有扼住命运咽喉的钢铁汉子才敢于挑战厄运，而赵泽华还是一个花季少女。

看到赵泽华哭成泪人儿以泪洗面的时候，我想起绛珠仙子。她将一生的眼泪报答甘露灌溉的生命。

上帝是公正的，他主宰你一半的命运，而把另一半交付给你自己，当你对命运作出坚定的抉择之后，上帝在暗中实施救赎。

赵泽华终于从死神的抓捕中挣脱出来，从成年累月被虎狼撕咬的疼痛中硬挺过来，被击倒以后又爬了起来，学会走路，学会右脚蹬车，学会骑车带人，并且帮助许多像她当年一样需要帮助的人们。

> 夏日晚上，我去京西宾馆约稿，回来时把女儿用书包带揽在车后座上，怕她睡着了感冒，又买了一根雪糕哄她。
>
> 等骑车赶回家时已经是深夜十二点了。
>
> 女儿已睡着，小脑袋垂在胸前，凉风吹拂着她柔软的小头发，那根雪糕早已融化掉了，女儿冰凉的小手里还紧紧捏着一根小棍。
>
> 然而，第二天，当太阳升起来的时候，我又必须摈弃我的软弱、劳累和伤口的疼痛，以微笑面对新的一天。

她远路听课，亲自采访，写出不少好文章、不少名人专访，多次受到嘉奖。

她访问学者，给自己立下三条最基本的原则："不能问外行话，不能问别人问过的话，要有读者真正关心和感兴趣的独到的内容。"

《李岚清：谈音乐与人生》曾被《香港大公报》《深圳特区报》《新民晚报》及40余家中外知名网站转载，作者正是赵泽华！

她被授予“巾帼建功标兵”“全国三八红旗手”等荣誉称号。

哲学家/作家罗素说过这样一段话：“三种单纯而强烈的激情支配着我的一生：对爱情的渴望，对知识的渴求，对人生苦难痛彻肺腑的怜悯。”人生苦难之于赵泽华岂止是怜悯，而是刻骨铭心的体验，顿悟彻悟的人性考量。

少女时的赵泽华聪明美丽，最喜欢安徒生《海的女儿》，几乎把全文背诵下来：“她的皮肤又光又嫩，像玫瑰的花瓣；她的眼睛是蔚蓝色的，像最深的湖水。不过，她没有腿，她身体的下半部是一条鱼尾。”

我在心里悄悄地立誓：“长大了我也要写美丽的书。”

（我没有想到，我今天写这本书，距离当初的立誓，已经过去30多个春秋了。我更没有想到，我也有了小人鱼似的命运，为了没有一双人类完美的腿而受尽磨难。）

赵泽华变成她最喜爱的“海的女儿”，忍耐，坚持，走路像踩在刀尖上，尽管不能跟欢乐的人们踏着乐曲翩翩起舞，却有幸没有变成泡沫。她绝不放弃，她像小人鱼，为了渴望有“一双人类完美的双腿”备受折磨。

她实践了自己的誓言，长大以后，写出“美丽的书”。

赵泽华性情纤柔而内涵坚韧，秉笔直书又摇曳多姿，散文化的语言自然流畅，忧伤然而清纯。她把生死善恶置于尖锐对立的境地，把人物推向极端的心理冲突，把美女与毒蛇的较量写得死去活来，把勇猛与娴静集于一身，说尽生离死别，充满人生况味，命途之多舛，情绪的起伏，紧紧地牵动着读者的心。

纤笔一支谁与似？直面厄运，体验危难，超越极限。

比起一些被苦水淹到喉咙眼透不过气来的苦情书、血泪账式的传记文学来，这部作品给人以希望和力量。

比起那些闪电式的采访然后铺陈其事厚厚的一本食之无味的光荣榜、流水账式的报告文学来，它更具文学品格。

天缘凑巧，赵泽华受伤的年龄是19岁，《坚守生命》完稿的时候，车后座上长大的女儿恰好19岁，北京某大学学生，品学兼优。

2008年8月，《坚守生命》即将出版，22岁的女儿以优异的成绩被美国一所州立大学录取为研究生，并获得全额奖学金，还获得助教的资格。

在班里，她是唯一的中国女孩。金发的美国教授评价她：优秀、杰出！

一次演讲比赛中，主持人问："谁是对你一生影响最大的人，为什么？"

女儿用行云流水般的英语回答："是我的妈妈。自非常年轻的时候起，她就穿行在命运迷宫设置的种种艰难和痛苦中，但是她从来不曾放弃希望和对于生命的热爱。她的勇敢和勇于拼搏的精神，对于我影响至深，鼓舞我在任何困难面前都不轻言放弃！"

掌声如潮，热烈、持久。

今年春节，女儿回国，母女相拥，涕泗交流。赵泽华电话里哭着告诉我说："阎纲老师啊，我是世界上最幸福、最幸福的人！"

瓷人儿被打碎了，残障的生命复活了。你，"海的女儿"，一条腿行走，一只手劳作，在刀尖上翩翩起舞，与浩瀚的大海共翻涌，在长年累月的巨痛中享受快乐美丽的人生。

为王愚安魂

王愚走了，享年 80，文坛少了一条汉子、一个酒鬼。

愚兄大智，敢言多思，著文为《组织部新来的年轻人》鸣不平；敢在太岁头上动土写《从文学实际出发》批周扬，原稿转回本单位，被关、被劳改，划“右派”，干很重的活。“文革”期间又“诋毁”江青是三流演员，说“红小书”变成了《圣经》，终以现行反革命罪实施抓捕，瘦骨嶙峋，烧窑背砖，年轻的评论家沦为半生罪犯。

多年来饱受责骂与凌辱，王愚胆子小了，言语谨慎。80 年代初，《文艺报》为了张扬新说招贤纳士，把那些“文革”前写评论现在考虑要不要继续写（是不是“今后洗手不干”）的中年评论家如单复、王愚、潘旭澜、宋遂良等邀请来京，组成“读书班”，阅读研讨，撰写重头文章。这批中年评论家（以及后来邀请的一批青年批评家肖云儒、谢望新、李星、吴宗蕙等）从旧营垒里杀出来，冲破禁区，表现出恩格斯所宣扬的“艺术家的勇气”。我们把这样的“读书班”誉为“《文艺报》的黄埔军校”。王愚重点研究长篇小说，纵横驰骋，用力很专。与友人饮，论及腐败，拍案而起，痛骂不休，眼神特别瘆人。报刊评奖，得主早有内定，王愚发现后脸色大变：“要是这样，我做什么鸟评委！”

王愚超越了 17 年，还原到敢言善辩、犀利风趣的率性本真。依旧是背砖时 50 公斤的小个儿身材，愈加浓密的短须，更像鲁迅。

王愚杯不离手，嗜酒见天真，但不撒酒疯，入夜把盏，大醉恍惚，跌入喷池，伴鱼而眠，幸被救出，叹曰：“想我王愚，大风大浪都过来了，不料臭水沟里翻了船！”从此，“酒鬼王愚”声名大振。

八十年代回西安，王愚请酒，交谈甚欢，突然，他的脸色变了，惊慌失措，非常害怕的样子。顺着他的视线望去，白光一闪，一位表情毫无异常的警察从前方走过。定神之后，他解释说，“由于监狱里被专过政，见了警察就害怕，明明知道警察不会抓我，唉，习惯成自然，身不由己！”

我和王愚一言不发，面面相觑，突然，不约而同地说了声：“《双城记》！”我们都想起狄更斯笔下的曼内特医生。

曼内特行义，反被入狱，18 年后获释，女儿接父亲回英国，见一老人弯着身子做鞋，痴呆、干瘪、瘦弱，幽灵般的。长期的迫害使他的双目失神，怕光，习惯在一线微弱的光线下劳作；也怕人声，女儿进门，他失手将鞋子掉到地上，不敢抬头。当他知道眼前发生的一切后，习惯性地服从着，听任女儿挽着手臂走下阁楼，然而，18 年的禁锢使他怎么也走不出巴士底狱——北塔——305 号。

我和王愚说了许多，“唉，习惯成自然，身不由己！”一桌丰盛的酒席食不甘味。

我将话题转向文事，告诉他说，冯牧、刘锡诚我们合编一套“中国当代文学评论丛书”，准备为陈荒煤、胡采、冯牧、洁泯、朱寨、王春元、李元洛、谢冕、陈辽、张炯、缪俊杰等等一批为中国文学作过贡献的评论家出版自选集，这是文艺界和出版界空前的盛事，“我们也选中你王愚，希望你重振雄风”云云。

王愚的神色还原了，放浪形骸，口无遮拦，痛饮，忘却北塔305号，回到五颜六色的餐桌上来。

呜呼，苏轼有灵：“只影自怜，命寄江湖之上；惊魂未定，梦游缧绁之中。”

天命有归，请赐给逝者永远的安心吧。

王愚走了，再也不怕警察了。

三个警察，一个疑犯

我面前是雨果的《悲惨世界》。

三个警察，一个疑犯。

米里哀主教大步迎上前去，微笑着对警察说："他是这么说的吧？'那是留我住夜的一个老神父送给我的。'……他说的全是真话。"

他转向冉阿让，温和地说："又见到您，我真高兴。但是，银烛台不也送给您了吗？您为什么不把它也带走呢？"

冉阿让浑身发抖起来，好像快要晕倒似的。主教说："再见吧，我祝福您。请记住，这一家的门，不管早晚，不管什么时候都是开着的。"

他洗净了他的灵魂，把它献在主的面前。

面对这位以怨报德的冉阿让，主教米里哀却以德报怨。明知他有过前科却留他过夜，好心招待他用餐他却偷走银餐具。当警察将冉阿让抓来让他指认时，他竟然说这些银器“是我赠送他的！”。随即又以银烛台加赠，还证明说，这是“祖母传下的银器”，大翻转！无从怀疑：“疑犯”原来是主教的座上客。

就这么几句虚与周旋又非常诚实的话，解除了一场警报，平息了一场官司，除此而外，他什么也没说，什么再没解释，那么平常和自然。

但是，对冉阿让来说，心灵上的震悚该多么强烈！它比加刑、镣铐、鞭打强烈千百倍、深刻千百倍！主教博大的善德唤醒“罪犯”的良心，再造冉阿让的灵魂，感召他以无私的牺牲积德行善一直到老。他终于实现自身的价值，自我完美道德精神，目光中流露出对“悲惨世界”不幸男女的钟爱和欣慰。好事做尽之后，他点亮主教“祖母传下的银器”，摆正送“女儿”相依为命的洋娃娃，说了声：“我是偷盗一块面包苦役 19 年的罪犯”，“该知道你母亲的名字了——她叫芳汀。”然后，凝视“女儿”与男友手挽手幸福的身影，微笑，孤独，默默地死去。

主教赠银的情节，在《悲惨世界》里不过一段小小的插曲，却成为主人公人生的一个转折点，也切切实实影响了我的大半生，一切都在无言中，一切都以无言之德教人爱人做人。正是在浪漫主义大师雨果人道牺牲精神的感召下，我几乎在警察干预之外不走样地、圆满地处理了十分近似的一两桩怪事，其结局也如同雨果书中期冀和描写的那样，他们后来不但自爱、自强，而且菩萨心肠，与人为善，不无主教的余韵和冉阿让的遗风。我得到莫大的慰藉。

因为反对路易·波拿巴复辟帝制，雨果被悬赏通缉，流亡他乡长达 19 年之久。在这期间，已经是法国文学院院士的女儿游泳不幸溺水，接着，被称作诗歌奇才的另一个女儿病逝，小女儿又因失恋导致精神崩溃。就是在这种悲痛欲绝的心境下，而且是在僻寂的盖纳西岛，雨果写出举世闻名的《悲惨世界》。

作为赃物的银器唤醒“罪犯”的良心；博大的仁爱再造冉阿让的灵魂；无私的善行挽救这“悲惨世界”，以至于忠于职守的警察头子沙威在冉阿让至“善”的光照下居然跳进塞纳河，用生命保全了道义，惊心动魄！

环顾我们的四周，谁都看得出来：积德的事多了，缺德的事也多了，好事、坏事都多了，而且好得出奇，坏得也出奇。所以，做人就要讲德行，多行善事。我自己一生经历了大半个世纪，见得多了，眼见是实，心里亮堂了，默默地总结出一条做人的起码规矩，就是：要行善，不作恶，当你不能行善时，也不要作恶；说真话，不说假话，当你不能说实话时，也不能说假话。殷鉴不远的“文化大革命”流行作假，全民受难，假话付出真血！恶之花啊，这无边昂贵的生命代价！

雨果有句名言：“在人间一切之上，存在着一个绝对正确的人道主义。”

“请记住，这一家的门，不管早晚，不管什么时候都是开着的。”

《文艺报》"四条汉子"

1996 年 7 月，我、刘锡诚，同已经从中国作协党组书记的位上下来的唐达成，随太行自然保护区考察组一行，到群峦积翠的苍岩山一游，一路欢声笑语。

苍岩山高，三孔石桥飞架，鬼斧神工一般，甚险。

危崖难攀然游兴正浓，不知不觉穿过与古柏掩映成趣的殿阁楼台，一气登上桥楼殿、福庆寺，眼前一惊："殿前无灯凭月照，山门不锁待云封"，就是说，我等已升空远离地面，只要伸出五指，一把可以揪下朵朵彩云揣在怀里。

忘记怎么说起开会报职务来了，达成表示，他不主张参加学术性会议报他的职务时以"中国作家协会党组书记"打头，认为只报"中国作家协会书记处书记"就可以了，循此，我们想起当年大家平起平坐的《文艺报》和"《文艺报》四条汉子"来。

唐达成、谢永旺、刘锡诚和我，曾有"《文艺报》四条汉子"的雅号，也是绰号，一笑了之，而非四条好汉。

1978年恢复《文艺报》，大家挤在大庭院的一个角落，也紧紧地抱在一起。这里忙忙碌碌，像个手工作坊，老板是冯牧和罗逊，干活的有谢永旺、刘锡诚、陈丹晨、吴泰昌、唐因、唐达成、杨天喜、文椿、雷达、高洪波、李炳银等。我们畅所欲言，扼腕叹息，同仇敌忾，灵敏度高，信息量大，感觉好极了，一天到晚为“来了！来了！”兴奋不已。

我们迎接以“伤痕文学”为先导的潮头，欢呼“天安门诗歌”扬眉剑出鞘，否定为政治服务的“工具”论，讨论作家“干预生活”到底是“歌德”还是“缺德”，我们为革命现实主义呐喊请缨，专访“右派文学”作家，惊呼短篇小说的新气象、新突破和中篇小说的新崛起，甚至理直气壮地为冤重如山的作家和作品平反，其势如狂飚席卷，葳蕤春意遍于华林。我们举办了好几期“读书班”，联系和扶持了一大批文学评论新人，把“文革”前写评论现在心有余悸考虑要不要继续写的中年评论家也邀请来京，授命撰写重头文章，中、青年评论家披荆斩棘，锐不可当。我和谢望新不约而同地把“读书班”美其名曰“《文艺报》的黄埔军校”，直至今日，大家谈论起来仍然激动不已：“你是‘黄埔’三期的吧？”“永远忘不了你们那个‘黄埔’”。

编辑部诸同仁，个顶个，一个也不能少，其所以单把我们称作“汉子”，原因很简单，两个字：“个头”！一天，风乍起，凉气袭人，上班进屋，我们四个一水儿黄卡其布的风衣，像是彼此商量好了似的，从此以后，“四条汉子”的命名始告成立。

一年又一年，《文艺报》渐入佳境，我们四人先后调出。

…………

上山容易下山难，365级石磴道可不是好对付的，石湿苔滑，须格外小心。三人行，时而手抓铁链，时而挽臂相扶，但更多的时候还是独立行动，不相信自己老到了连下个台阶还要人扶着的可怕程度，但是，就在这个当口，脚步不稳，三个人几乎同时打了个趔趄，赶紧互相搭把手，差点没有摔倒，摔倒可不得了，起码来个粉碎性骨折。约10年前，公共车启动，轻轻一滑，我摔了个大马趴，髌骨摔成了7块，住院将近百日，至今落下病根。达成说他已经70过了，头顶落霜，“老了不是？”。我看他红光满面，风采依然，锐气不减当年，文辞、诗兴、书法俱佳，腿脚也还灵便。至于锡诚，更不在话下，60岁的小弟弟，壮小伙子一般，行如风、坐如钟，连轴转不带累字，使用286的小电脑硬是拿下一厚本《中国原始艺术》。我的身体不如他们二位，但轻瘦，行路易，而且喜欢走路……想着想着又一滑。“小心！好汉不提当年勇嘛！”“好汉？”我们想起“《文艺报》‘四条汉子’”，一晃将近20年！正说着，三人又相互扶了一把，达成感慨不已：“相扶走啊！”我不禁接上：“当年四条汉，转瞬相扶走。”锡诚叹了声，继而说：“阎纲打油，好，继续下去。”达成接着凑够四句，脱口而出：“当年四条汉，有志气如牛；转眼相扶走，莫怀千岁忧。”哈哈哈，三人大笑，不胜今昔。

下山后的第二天上午，达成书法留题，借他行云流水的笔势，记我等似水易逝之流年，飞龙走蛇，一挥而就，只见上面写着：

当年四条汉　有志气如牛
而今相扶持　莫怀千岁忧

一九九六年盛夏与阎纲锡诚同志同游苍岩山景区山陡路滑相互扶持而行因忆及当年同在文艺报工作与永旺四人同被称为四条汉子而今白发苍苍然扶持而行因与阎纲凑打油诗四句聊志纪念以寄感慨

唐达成书并志

补记：

1999年，达成肺癌殁，病中曾题写联句："宠辱不惊任庭前花开花落 / 去留无意看天上云卷云舒"。他在上面那首打油诗里加写"莫怀千岁忧"，曲终奏雅，可他自己呢？

身后有书画集《达成书画》问世。

“为生者立传”与“盖棺论定”

有学者提出“为生者立传”，即通过口头交谈，采集心灵深处的奥秘，零距离地抢救第一手宝贵资料，为传记文学的写作拓宽言路。

其实，“为生者立传”也好，“为死者立传”也好，古往今来都不成问题。不但史传记事、墓志铭，即便是传记文学、记人散文（如《史记》以来到唐宋八大家到五四新文学运动直到今天），死了的、活着的，都写。不成问题的问题，为什么后来反倒成了问题？

现在可以更新传记文学的观念了，只要用事实说话、对历史负责。写死者也写生者，写历史人物也写现代人物，写革命家也写反革命分子，写科学家、医生、作家艺术家，也写企业家、个体户、“倒爷”甚至妓女、土匪，写长的、写短的，纵写、横写都可以，潇洒走一回！

由此我也想到，当今的散文大可以写生者，“为生者立传”，就像司马迁的“纪”“传”和“韩潮苏海”里的人物小传那样。不要一味地追大求长，时间就是金钱，谁敢轻易地捧上砖头块一样厚的传记作品啃到底呢？老舍、启功微博式的自传，能说不是传记作品？沙叶新的名片更绝，几十个字的背后暗藏着滑稽荒诞的几十年！鲁迅的《范爱农》多精致啊！

至于“盖棺论定”，我也想起鲁迅。且不论《在酒楼上》的吕纬甫和《孤独者》的魏连殳，仅仅一篇短短的《范爱农》，极省俭地为一波三折的悲剧命运画了像，也为一代悲欣交集的知识分子立了传。特别是“自杀”后族人争夺捐款的一笔，穿透世态，寒彻心骨。鲁迅一生主张“立人”，为了“立人”而为人立传，并且很短，是精短。

又如鲁迅写刘半农，囊括其今生一世，总是投以历史的眼光：“我爱十年前的半农，而憎恶他的近几年。”更憎恶“将他先前光荣和死尸一同拖入烂泥的深渊”。由“革命者”转而为“无聊文人”，“盖棺论定”，不偏不倚，正好应了先贤们的诗训：“莫嫌老圃秋容淡，且看黄花晚节香”，“向使当初身便死，一生真伪复谁知？”，“莫道古人多玉碎，盖棺定论未嫌迟！”。“盖棺定论”就是“盖棺论定”。

然“盖棺”也未必“论定”。“修史”如历代皇帝，“一朝天子一朝臣，这朝不用那朝人”，一朝权在手，唯我独尊，宣翰林院修史。毛泽东用“农民起义”之说颠覆中国历史，神圣的《联共（布）党史》终为历史所颠覆。

问题的症结根本不在于写活人易好还是写逝者难工。

党的三中全会已经召开，杨绛的《干校六记》大陆不敢出，拿到香港出。胡乔木发现了，给《干校六记》批了16字的考语：“怨而不怒，哀而不伤，缠绵悱恻，句句真话。”大陆出版了，但只许在柜台底下卖。

世事多变，文学变多，现当代文学史改写又改写，在世作家的功过一时说不清、道不明，就连百多万字的《王蒙自传》——“国家日记”“个人机密”“抡着膀子捞干货”，业内啧啧称羡也难免啧有烦言：“自我感觉超好、‘八面来风’，对有的人物却过分刻薄”。至于《高玉宝》《半夜鸡叫》之类的传记，现在还有多少人像我们当年那样对其真实性深信不疑？

没有绝对的真实，真实需要历史检验。时代在曲折中发展，人性、人的本质随之变化，传记作者对传主的认识只能是阶段性的，只具有相对的褒贬度。

近年来，我一再强调：一、传记文学的生命是真实（理性的史实和情感的真挚，不仅仅是纪录事实抄录音带）；二、传记文学之大忌，是各种各样的“讳”，为家丑讳，为国丑讳，为大人、权者讳。

邢小利的《陈忠实年谱》《陈忠实传》和《陈忠实研究》囊括了传主的一生，《白鹿原》作者栩栩如生活灵活现，音容笑貌和心理活动暴露无遗。不可想象，陈忠实晚年寂寞、内心激愤，对于官场啧有烦言，对于谣诼不屑一顾，等等，他在世时你能如实地披露出来吗？

顾准说：“民主是方法，科学进步是目的。坚决从理想主义的诗的时代里走出来，回到经验主义的散文时代。”

朱长超说：“看风云多变的事情，要有历史的眼光。不以眼前的利害为依据，不以权力的权威为依据，甚至不以主张者或反对者人群的多少为依据。而要以事件本身的是非和历史的影响为依据。”“历史很严峻，它比任何伟大人物更伟大。伟大人物也将是历史需要评估的对象。”

眼见不一定是实，耳听不一定是虚。“良史诛意，庸史纪事”，良史、信史，有待后世连续不断地修订或改写，以便让传主的灵魂出壳、历史的真貌进一步显现。

三星堆之谜启示我，历史，就是不断地改写过去，话不能说尽，事不可做绝。

固然，“凡历史都是当代史”，“凡历史都是思想史”，史官笔下都是“颂圣史”，离开以翔实的史料为基础的实践史观，都难最后“论定”。

治癌军医黄传贵　病人心中的菩萨

忆往昔，1932 年，猴年 7 月，生我的月子里，爷爷请来老娘婆给我放胎毒，祛风防疮疖，嫩豆腐似的胳膊和额颅血迹斑斑。又请来个老巫婆算命，说：“七月的猴，漫天游。”可不，进省城、适大邑、上京城、贬“云梦”（古“云梦泽”，湖北咸宁向阳湖文化部干校）、过五关、查三代、下“油锅”、“得解放”、回北京，日月如梭，惊回首，一叶扁舟万重山。

1993 年，南阳武侯祠，见一妇人持签揽客。周大新尽地主之谊，拉我和周明算命，连抽三签，周明签签泛红，“上上签”，一生走红运。我签签泛白，“下下签”，一辈子倒霉。妇人念我命运多舛，分文不取，反过来安慰说：“七十有吉，八十元凶；流年运起，晚年多福多寿。但要有贵人相助。你等着救你的贵人出现吧！”又安慰我说：“你这位师傅人生路上会遇到贵人的，你信我的签吧，准没错！”你给出路，我便付钱，她收下了。

半个多世纪以来，我仍游走他乡，乡关远矣。

谁是我的“贵人”呢？

故事发生在1986年底。

黄传贵，云南军区干休所的军医，草医世家“黄家医圈”第八代传人，毕业于第四军医大学，以诊治疑难病症特别是诊治癌瘤闻名本土。

我拜访黄传贵。见他给人看病，先切脉、后看舌苔，不等你开口，马上说出你哪里长癌，术后情况如何，还有些什么疑难病症，患者连连点头。

黄传贵，人称“活着的白求恩”，不但医术精湛称奇，而且医德高尚富有人情味，是个大善人。他救危扶困的感人故事说也说不完。

我在确认此人旨在救人、“一切为了救人”之后，当即拍板，破例在《中国文化报》上连载李炬的长文《忧患在元元——治癌军医黄传贵》，反响极大。

黄传贵不但是个大善人，而且像个哲人，时过不久，他的“黄家医圈”理论被总后专家组论证通过，荣获军队最高的科技人才奖“科技功臣”称号，更令人吃惊的是他完成了一部有关以“中生万物”为发生的宇宙运动和图环命理探秘的大著:《黄氏圈论》，专家们称其为“哲学的创新体系”“尘封千年的新思维”。

我跟他结为好友。

1987年炎热的夏天，黄传贵在京开设临时门诊，要我住到他那里为我髌骨骨折术后治疗。新结识的朋友，难得一块吹吹牛，也就不客气地搬到解放军总后勤部白石桥42号，同施医生一共三个人挤进一间小屋。

我亲眼看见一条壮汉，两行热泪，倒头便拜:“黄医生，老人家见好了，见好了，我替他给您磕头！”

我亲眼看见黄传贵把一位老战友轰出门去，因为他送来几只活鸡让他补身子。他很恼火，气呼呼地斥责道：“再来这一套咱俩绝交！”

我亲眼看见排队挂号求医的人长如盘龙。

黄传贵每天忙到深夜，不是加班看病，就是配药包药，我白天上班，常常两头见不着他的人影。他晚上回来，头一句话就是道歉，生怕耽误了我的按摩。月落星稀，夜深人静，我平躺着，他一旁歇着，对着我的耳侧，会心地一笑。一天难得谈心的时刻到了，你一言、我一语，探究天理，感慨人生，倒也十分惬意。凌晨一时以前他没有上过床。

一天夜里，他激动起来，边按摩边口述一封患者的来信：

敬爱的黄大夫：

你好！

我今天冒昧给你写信，打扰你了，希望你在百忙之中读完这封长信，理解一个患难之中的女性之心，用你妙手回春的办法，使我告别病床，回到家乡，处理两件事——第一件事是，我有一个两岁半的女儿还需要托付给亲戚朋友；第二件事是，我有一个八十高龄的老母还需要我安埋。

我是江苏人，我的爱人是上海人，也许是命运主使我们结合在一起了。我们是在响应毛主席知识青年到农村去接受贫下中农再教育时走到一起的，所以，是命运将我们结合在一起。现在回想起当初的恋爱生活，还感到人间的幸福。但是，不幸的是，当我确诊为癌症之后，他毅然抛弃了我，另寻新欢，丢下两岁的孩子。

我平素身体健康，在一次无意中检查的时候，医生宣告我患了肝癌，当即宣判我的“死刑”，“缓期执行”。我不服，“上告”北京。

北京几家医院驳回了我的“上诉”。我还是不服，亲自到北京“上诉”，仍然维持“原判”。现在，“缓期执行”到期。我今天给你写信的时候，是躺在解放军三〇一总院的病床上。通过朋友介绍，通过报纸上介绍，得知你有八代家传的医术，特写信求你。

我两岁半的女儿托付给亲戚朋友后我才能死去，八十高龄的老母双目失明，如果我死在她前面，不难理解她后面的惨景。我现在已经准备好敌敌畏，必须把我的母亲毒死，把她火化以后，才能尽完做子女的义务，到九泉之下才能得到安宁。你能理解吗?求求你了。

笋梅　草于北京

黄传贵说:“我明天中午就去三〇一医院!”

我不能不佩服黄传贵超强的记忆力。他在十三岁父亲去世之前，已经朗诵《黄帝内经》《本草纲目》，熟记“三诊法”“四脉组”“五诊合参”，并囫囵地死背硬记代代口传的“圈圈医学”(即现已整理出版，具有独立体系的“黄家医圈”学说)。他熟记 3738 个单验方、437 个单味药和 15 个祖传秘方。是从幼年起便开始造就的记忆力，为他此后专业的攻关插上了智慧的翅膀。他读书、看报，几近乎过目不忘;经他诊过脉的，不知多少人留在他的记忆里，哪里人、什么病，他说得出，甚至能叫上名姓!到底是个人禀赋，还是高度的责任心。

又一天夜里，我一边接受他的治疗，一边听他背诵另一封信。

黄传贵大夫:

你好!求求你了!

我面向北京大声地呼叫:黄大夫，求求你了!

我希望你用妙手回春的医术，让我在这世界上再活三个月，完成我心中的还愿。

我和我的丈夫同生在一个村庄，同上一个小学，同时一起走向生活。我们度过了童年，度过了少年，度过了青年，进入壮年和成年。在这个过程中，我负丈夫的太多了。在学生时代，当我患了严重的风湿性心脏病的时候，他毅然和我恋爱。当我的病情严重而不能自理生活的时候，他毅然和我结婚。婚后，他在百忙的工作之余，总是无微不至地关照我，使我饱尝了人世之间的幸福。可是万万没有想到，在九月前的一天，他的生命被一次工伤夺去了，我万分痛苦。我天天盼、月月盼，只盼我们夫妻二人在九泉之下相会，然而，事与愿违。九个月就这样过来了。

令我欣慰的是，前几天，我痰里带血，到医院一查，医生很忧郁地说我患了肺癌，而且有部分胸水，认为我不能活过三个月。医生和我的三亲六戚奔走相告，但是我没有感到痛苦，反而感到是一种幸福，因为，很快我就可以在九泉之下和我丈夫见面了。

我去看望了我丈夫的坟墓（我用他的抚恤费在大同山脚下为他修了一座坟墓），当我去看他的坟墓时，坟墓却被牛踩塌了，这一脚踩在我的心上。根据我们家乡的风俗，必须满三周年后才能重新垒坟，但是，医生说我活不到三个月，所以，我希望你用妙手回春的医术使我在这世界上再活到他满三年，让我把他的坟墓修好后再离开这个世界，到九泉之下与他相会。那时，也许是我唯一感到宽慰的事。求你了，我给你跪下了，拜托了……

大同煤矿一个求医者

念到“当我去看他的坟墓时，坟墓却被牛踩塌了，这一脚踩在我的心上”时，黄传贵重复了三遍，声调衰微，略带哽咽。日光流年，星移斗转，难忘此番情景。

那天夜里，他还背诵了一封青年妇女的来信，央求黄医生用什么办法能使他肺癌晚期的爱人将死期推迟到八月十五，好让她好好包上一顿他最爱吃的生日饺子，再献上团团圆圆和和美美的大月饼……可惜我当时没有把这封信记录下来。

一天，黄传贵从沈从文那里回来，神情黯然，说：你们作家的身体堪忧啊！积好多万份病历之经验，大体可以得出这样的结论：第一、患癌症的大多是勤劳者，懒人患癌者少，所谓“好人命不长”；第二、健康人得癌多，残废人得癌少，所谓“弯腰树不断，痨病人不死”；第三、过分感伤者易患癌，乐观主义乐天派较少得癌。还可以再引申：乐天派、乐观主义者即使长癌，也比“过分感伤者”容易治愈。我说：“你这是经验之谈，信而不诬。作家艺术家情感丰富，容易冲动，敏感而多愁，英后早逝的一个接着一个，非常可惜。我再给你续上一条：‘环境污染严重的地方易得癌，山清水秀、海清河晏之治人寿年丰。’”黄传贵默然，沉思良久。

沈从文之后，贺敬之，高占祥，鲍昌，张志民，葛洛，冯牧，唐达成，宗福先，余秋雨，陆星儿等作家都请他看过病。他在两会上的提案是创建中国的老人节。他四年内给巴老先后看病不下八次。他轻轻走近巴老，小林对准老人的耳朵高喊：“爸爸爸爸，黄传贵看你来了！”有作家问：“作家为什么容易得癌？”黄传贵说：“忧患在元元，也许感伤过度！”陈子昂诗：“圣人不利己，忧济在元元”，“忧患在元元”，正好是他文集的书名。

我记录下的最后一封信其实是个便条，字迹潦草，黄传贵把它亲自带回向我展示，要我帮他一一辨认。每一句话都是燃烧的子弹：

尊敬的黄大夫：

您好！再见了！

我们来自五湖四海（河南、河北、山东、山西）。我们卖了牛马羊猪奔向你来，为的是求你救病，然而，到今天整整三个月了，我们还在百米之外，还在原地踏步。我们亲眼看到了那些不排队而插队加塞的人把我们挤在原地，我们亲耳听到铛铛的电话铃声之后，眼巴巴地看着小轿车一冒烟把你接走。唉！老天就是这样不长眼，上帝就是这样不公平。如果还能给我们多一点人生的时间的话，我们最后的任务就是把那些不排队还插队特别是一个电话就把你占去的人统统杀掉，从中央到地方……

四个互不相识未能看上病的人

话说得很狠，要上纲，不得了，可是，他们顾不了许多，想到什么说什么，命都搭上了，他怕谁？

当死神步步进逼的时候，爱情、亲情、友情发出紧急呼救，一呼一行泪，一哭一滴血。当死神向癌症患者频频招手的时候，灵魂的审判最无情。

男儿有泪不轻弹，何况医生，但是黄传贵哭了。大量来信的浩叹和悲鸣，不断地冲击他的神经，叩问他的良心。黄传贵是亲情在死神步步进逼的时候被急切呼唤的生的使者，他用自己透支的生命延长一个个垂危者的性命，拯救一颗颗美丽的灵魂。

我想，凡人，唯有在生离死别的时候才不至于虚情假意，假得就像待人处事自觉不自觉地演戏那样。人们不论是上天堂还是下地狱，不论是变神还是变鬼，阴阳界上、奈何桥边、鬼门关口，总得把面具摘掉，哪怕你并不是任何场合都把面具戴在脸上。

命都搭上了，我怕谁？

啊，心酸的来信，亲情的绝唱！

啊，人啊，爱人吧，救人吧！死亡面前人人平等，让我们在大爱中求得永生。

此后的日子里，黄传贵睡得更少了，人也瘦多了。我看他是有意这么安排的，为了尽量挤出时间多看几个病人。吃饭走过场，中午加班，通常是什么时候看完病人什么时候下班，因为许多患者往返跑了多次，花销很大，看病不容易。但是作为一个昆明军区的军人，他必须执行军务，不能常驻北京一地。尽管如此，凡是患者找他看病，他尽可能地给他们诊断和治疗的机会，并给予病人以人道主义的爱抚，让他们起码在精神上站立起来。他说："我没有任何理由多嫌癌症病人，我是解放军！我常常想，在八十多岁老母面前，我不算孝顺的儿子；在年轻的妻子面前，我没有尽到丈夫的责任；在幼小的子女面前，也够不上合格的父亲，可是，在千千万万的患者面前，我却应该而且必须是一个真正合格的医生。"

事隔一年，1988 年 9 月，黄传贵背着八十高龄的妈妈上长城。一个中国军人兴致勃勃，汗流浃背，像爬山一样蜿蜒而上，向上再向上，口中念念有词，对着妈妈的耳侧劝慰着、咕唧着，亲切、温顺，充满幸福感。母子超越一群又一群游人，直向八达岭长城的最高处——"不到长城非好汉"的石碑奔去，气喘吁吁的老外们竟然向他欢呼起来。

十年后的 1997 年，黄传贵的爱女黄芹意外事故不幸去世，他秘而不宣，照常门诊，也没有耽误过一次急诊，但是，当着孩子的遗像，他放声大哭，万籁俱寂，夜，已深了。

此刻，一封邮自广东山区，插着三根鸡毛的快信，揽在我的怀里，是我当年从黄传贵那里索要来的，至今保存完好。只要用手心轻轻抚摸，鸡毛便跳动起来，毛茸茸的，那是生命的脉动。

黄传贵来京，参加全国政协十一届一次会议，其间，我们从巴金2001年底在第七次文代大会上组织上代拟的祝词被“假”了一把，聊到多家媒体以显著的地位报道了黄传贵为巴金老人复诊的消息（媒体描述：黄传贵的三个指头按在巴金的腕上，然后对着老人笑了笑说：“哦，你现在的脉象比起两年前要好得多。”）再聊到巴老的生死，从生死聊到基因，从基因又聊到文学，问他：“你寄希望于文学的是什么？”他说：

“还应该触及人的生物性，没有生物性便没有个性。”我自愧蒙然。

2009年将尽之日，黄传贵来京，他编着的900多万字的丛书已经完成600多万字，计有《天然药8464种诠释》（《本草纲目》仅收1892种）、《中医肿瘤临床1000方》、《疑难杂症5000方》、《高原卫生常识》、《食疗6000方》、《单方验方6000方》等，春节前后由人民军医出版社出版。

2023年5月，黄传贵专程来礼泉看我，边把脉边聊天，说：“孔子代表儒家，讲的是管理；老子讲的是道家，讲的是哲学；释迦牟尼代表佛家，讲的是真理。”善哉！高见！正要启身去西安次日门诊，突然，一个电话，夫人病危！二话不说，即刻转身奔赴咸阳机场，连夜返回昆明。

一副菩萨心肠，一切为了救人。我常常对朋友说：人不堪其忧，贵不改其乐，贤哉，贵也！

没有生物性和个性，便没有文学

我请教治癌军医黄传贵，“文学写人要写人的个性，要不要写人的生物性？”

黄传贵受命负责“基因健康”的中医学研究，他说：“转基因”已经广泛应用，更大规模的“基因混合”也不是不可能，人的预期寿命可以延长到120岁以上，基因破译工程将震惊全人类而变得非常可怕。谈话又从基因聊到文学。

他说：“三才者，‘天、地、人’，大千世界无限大，其外无大、其内无小，你们作家胃纳狭小，又吃偏食，想象力不够丰富。还是那句话，文学应该触及人的生物性，没有生物性便没有个性。”

闻者渺渺，依然是懵懂。

“人之初，性本善”，非也，人之初，小动物也，婴儿吃奶时，会用脚抗拒另一母胎婴儿的争抢，腿脚并用，非常激烈。遗传基因科学家惊人地发现：人与猿猴的DNA遗传差异仅仅是1%~4%！同样吃惊的是人身上还有近3%的和低能的毛毛虫近似的极其落后的遗传基因。

可不是嘛。外国有西蒙娜·德·波伏娃的《第二性：女人》，从心理学连同生物学一并剖析了女性独立的存在；中国有史铁生的《我和地坛》和《病隙碎笔》，也是心理学、神学，连同生物学一并解析了生命的秘密——不是更加富有人性的深度吗？

审美活动极其复杂，既涉及物质生产又涉及精神生产，既是心理活动何尝不是生理活动！

据权威人士称，神经科学可以准确地测定同情心、正义感、仁义之性在人类大脑中的位置，确确实实是天生的。“人”是“兽”变的，天然地带有“兽”性，当然，“人”毕竟不是“兽”，所以，“人之初，性本善”是有科学依据的。

我不认命，但不能不认基因。“仁者寿”、智耆也寿，人类越来越有望掌握自己的命运，安排个体生命存在的方式。

乔布斯临终的遗言说：追求到的钱没有用，我荒废了自己的生命。对我最有意义的，还是感情生活。

李银河说：人，匆匆而来，匆匆而去，美丽而恐怖，壮观又无奈。唯一安慰自己的办法，就是自赋存在的价值，参透自己所喜欢的，那就是——爱和美！

所以，哈姆雷特不停息地思考“生存还是毁灭？”。

所以，歌德说：“哪个少年不多情，哪个少女不怀春？”

“食色性也，君子好色不淫。”也就是——爱和美！

我结识黄传贵近40多年，随同他去各地巡诊多次，从旁观察他给癌症患者摸脉、看病查房凡千人次，促膝谈心不计其数，天上地下，显学玄学，无所不谈。

黄传贵和我是君子之交，每有创见，同我辩论，非常虚心却相当自信。我被他的人格魅力所征服，也被他大胆的设想所震惊。

金铮：鼎盛于《喜剧世界》，终老于“悲惨世界”

金铮调北京，编务繁忙，玩命地干，我们相互惦着，谁也不便打扰谁。今年 9 月他病了，一病不起，爱人吴军业陪护。

金铮爱人随调进京，工作没有安排，住房也没有，就在出版社窄小破旧的办公室里凑合着过日子。

金铮肺癌手术，也急于找我，想通过我找黄传贵医生救急。

自行车驮我飞身上路，在众多的候诊患者面前硬是加塞急诊，黄医生开了方子，抑制咯血和化疗反应。我的希望值甚高，中秋节探视时能够陪他看月亮。

我直奔北京空军医院。满头白发已经脱落，头发茬子布下一层严霜，蛇一般的吊针和输氧管争吮着干瘪的生命，其状甚惨。刚会说话的孙孙狗狗不知愁，东走走西看看，一任其好恶。吴女士正以豆芽下饭喂饭。金铮强打精神安慰我，怕我难过。我反复说的一句话是：“黄医生找着了，咱们想办法，咱们有办法。”

正在这时候，狗狗开抽屉夹了手，哭得人心疼，气氛愈加悲凉。

吴女士偷偷告我，据医生告知，大概能活一年左右，但是他的心情不错，夜深人静，只有他和她时，想念亲人，想念朋友，留恋人生。

病情比我想象的严重，病人的心情却比我想象的要好。我让吴女士把病历详尽写出，然后交给抗癌军医黄传贵。她不假思索，一笔写完：

1. 中心型肺癌鳞癌中等分化纵膈淋巴转移。

2. 肺纤维比较严重（属蜂窝肺）。

3. 三次化疗：一、二次反应小，但无效；第三次胃肠反应大，但肿瘤有所缩小。

4. 现因咯血量较大（平均每天 100 cc），胸背疼痛，暂停化疗。

事不宜迟，我又蹬车到了甘家口中医门诊部。候诊的患者大都病得不轻，我怎么好意思在众目睽睽之下加塞呢？黄传贵非常讨厌加塞，他曾经收到“四个未能看上病的人”留给他的一张条子，他读后泪水长流，上写：“如果还能给我们多一点人生的时间的话，我们最后的任务就是把那些不排队还插队特别是一个电话就把你占去的人统统杀掉，从中央到地方……”我又怎么能在黄传贵嗓子都快说不出话来的时候忍心惹恼他呢？

我也知道，只要我硬插进去喊上一声“黄医生！”，他肯定会给我这个面子，何况，他知道我在他忙的时候连自己的胳膊也绝不伸过去的，可是，越是这样想，越是不忍心这么做。我急得满头大汗。这时，门诊部的毛医生告诉我说：“这种鳞细胞癌黄院长有办法，你知道的，有个叫贾什么的，多少年了，现在还爬西山鬼见愁呢。”毛医生这一说，更增强了我对金铮战胜疾病的信心。万不得已，我仗着胆子走过去，告诉黄医生说：“就是请你开方子的那位朋友，他费了千辛万苦，求到中华医学会的门下，他们说‘我们没有办法，治你这种病的，全国只有一个黄传贵！’。”黄传贵动了心，二话没说，立刻站起来走进屋子，打开他随身带的黑色皮包，一把摸出一包药交给我，然后回到原处，坐下来，开了方子，告诉我说，这包药赠送金同志。

赶紧将“黄氏抗癌粉”送病房。因为上次狗狗夹了手，大哭，又看见吴女士碗里只有豆芽菜，给我的刺激太大，所以我拐到商店买了一堆香肠和几包小孩吃的面包。天下着雨，我撑着小伞踏上泥泞小路。《传记文学》的美编老平正在指指画画请示金铮什么。被霜雪埋没的金铮精神百倍，思路清晰，语言干脆，一如既往地指点着眼前的一切，彼此露出笑容，最后欠着身子签字付印。

金铮第一次住院化疗出院后，带着氧气瓶一头扎进阴冷潮湿的办公兼起居的斗室，为《传记文学》或伏案，或卧床，气喘、咳嗽，直至次日凌晨两三点钟。一天半夜，大雨如注，大水倒流入室，在床上阅稿的金铮立刻拔掉氧气管子，跳下床来，把一捆捆新印出的《传记文学》搬到床上、书柜上，刊物保住了，金铮口吐鲜血，和他心爱的《传记文学》一块倒下。他的心没有离开工作，难怪美编一来，金铮的眼睛马上亮了。

美编去后，我将药粉和药方交予老吴并交代了服法，金铮夫妇自是感激，情绪极好，答应尽快服用。我随即将一本早已签注的《治癌军医黄传贵》亲手捧到他的床前，打开扉页，一行行字映入他炯炯有神的眼帘：

金铮老弟存念

1986 年我结识黄传贵

1988 年编成此书

1989 年由文化艺术出版社出版

1994年老弟调该社任副总编

1996年9月探望老弟后又请黄传贵开方子并接受其所赠之抗癌粉

30日送药至老弟床前

金铮泪眼蒙眬。

一包药粉，一本书，两张方子，带来希望。

我将香肠、面包拿出来。真够浑的，怎么忘记金铮他俩都是穆斯林呀！

只剩下他和我两个人时，他说："阎兄，你不该步行、骑自行车！阎兄，我不妨直告，你老哥那天的脸色十分可怕，完全是菜色。要保重啊，什么年纪了？辛苦一辈子，硬气一辈子，你老哥，够了够了！大把年纪了。那天骑车子回去，我心里特别难受，抱怨我爱人说'你怎么搞的？你不会叫辆出租车，硬塞给司机几十块钱，老阎不是就轻松一点点吗？'。"

临别时，像是预谋好了似的，硬塞给我一包补品，不收不行。不能驳他的面子，不能让一个真诚的病人着急，心里却很不受用。

十一天之后，10月11日，黄昏时分，电话传来金铮抢救无效刚刚去世的消息。"他走得太快了！你不要过于伤心！"

一个声音在耳边回响："阎兄，随便你怎么写，只要你写。我敢约你就该敢写，你敢写我就敢发。"1990年9月他来京约稿，头一次见面就这样率性不羁地打包票，我感到他憨，认死理，活脱脱一个不改本色的"陕西冷娃"。我写了，他主编的《喜剧世界》果然发了，说到做到，殊不知他是在多么特殊的情况下说的和担当什么样的责任下做的。

经年劳碌伤了健康的躯体，烟酒失度毁了一条钢铁汉子。金铮是改革开放的践行者、敢作敢当的勇士、任劳任怨的办刊能手。早生华发使这位稀罕的"犹太人"神气活现，精明强干而又憨态可掬使人觉得这也是一种成熟。

这个人豪饮，豪爽，嫉恶如仇，富有艺术家的勇气，事业心和个性极强，干事不要命，哪怕得罪人，不容忍现实的丑恶同时不为现实丑恶所见容，不是每回都有好果子吃。一时不被理解也罢，天大的困难也罢，都没有把他打倒，却毫不设防地被肺癌轻而易举地击毙。

他潜心于办刊，让灾难深重的人们再生之年有一方游憩地《喜剧世界》，自己却煎熬着生命不得不扮演悲剧的角色。他用一颗滴着血的心和一双颤抖的手支撑着《传记文学》的新生，是不是像别林斯基枕着《祖国纪事》下葬那样让自己的头颅安枕在《传记文学》之上？当然，伊斯兰教既"清"且"真"，来去无牵挂，质本洁来还洁去，什么也想带走。一条活生生的热血男儿本为改革开放而生，不幸却过早地离开"喜剧世界"以悲剧终老，倒在洒满汗水的脚手架上。

我不忍心打听我送去药方之后医院里抓没抓药又在哪里煎药，什么时候服的药效果到底如何。一切都晚了！

刻下，孤儿寡母住哪里？吴女士的工作怎么安排？狗狗怎么办？

我的这位朋友不是大人物，没有人约我写悼文纪念他。我想把它投递给他生前最后主笔的《传记文学》，或者寄给他同窗好友刘斌，算是我献上的一束清真素净的鲜花。

我心急火燎，顾不上其他，先给狗狗娘俩找个住处！

1996 年 10 月

汪曾祺的《受戒》轻盈地步入文坛，掀起一阵狂潮

汪曾祺错划为“右派”，又关“牛棚”，回到北京后，在80年代初始的日子里，到江苏高邮家乡转悠，作《受戒》，讲述小和尚明子和小英子动人的爱情故事，充满人性之美，一经发表，好声如潮。

小明子从小就确定当和尚，他的家乡出和尚。遇见小英子。小英子把他领到家里玩。晚上，他们一起看场，并肩坐着听青蛙打鼓，听寒蛇唱歌，看萤火虫飞来飞去，看天上的流星，心里想着好事。

心里想着，爱，已经萌生，朦朦胧胧。

秋天过去了，荸荠的叶子枯了，小英子拉了明子一起去踩。她老是故意用自己的光脚去踩明子的脚。

明海看着她的脚印，傻了。五个小小的趾头，脚掌平平的，

脚跟细细的，脚弓部分缺了一块。明海身上有一种从来没有过的感觉，他觉得心里痒痒的。这一串美丽的脚印把小和尚的心搞乱了。

真的爱上了。

明子要到善因寺去受戒。

她一眼就看见了明子。

“明子！”

“小英子！”

“你受了戒啦？”

“受了。”

“疼吗？”

小英子把明海接上船。

小英子这天穿了一件细白夏布上衣，下边是黑洋纱的裤子，赤脚穿了一双龙须草的细草鞋，头上一边插着一朵栀子花，一边插着一朵石榴花。

他们一人一把桨。小英子在中舱，明子扳艄，在船尾。

她一路问了明子很多话，好像一年没有看见了。

她问，方丈比小姐的绣房还讲究吗？

“讲究。什么东西都是绣花的。”

“他屋里很香？”

“很香。他烧的是伽楠香，贵得很。”

“听说他会作诗，会画画，会写字？”

“会。庙里走廊两头的砖额上，都刻着他写的大字。”

“他是有个小老婆吗？”

“有一个。”

“才十九岁？”

“听说。”

“好看吗？”

“都说好看。”

明子告诉她，善因寺一个老和尚告诉他，寺里有意选他当沙弥尾，不过还没有定，要等主事的和尚商议。

“什么叫‘沙弥尾’？”

“放一堂戒，要选出一个沙弥头，一个沙弥尾。沙弥头要老成，要会念很多经。沙弥尾要年轻，聪明，相貌好。”

“当了沙弥尾跟别的和尚有什么不同？”

“沙弥头，沙弥尾，将来都能当方丈。现在的方丈退居了，就当。”

“你当沙弥尾吗？”

“还不一定哪。”

“你当方丈，管善因寺？管这么大一个庙?!”

“还早呐！”

划了一气，小英子说：“你不要当方丈！”

“好，不当。”

“你也不要当沙弥尾！”

“好，不当。”

又划了一气，看见那一片芦花荡子了。

小英子忽然把桨放下，走到船尾，趴在明子的耳朵旁边，小声地说：

“我给你当老婆，你要不要？”

明子眼睛鼓得大大的。

"你说话呀！"

明子说："嗯。"

"什么叫'嗯'呀！要不要，要不要？"

明子大声地说："要！"

"你喊什么！"

明子小小声说："要——！"

英子跳到中舱，两支桨飞快地划起来，划进了芦花荡。

芦花才吐新穗。紫灰色的芦穗，发着银光，软软的，滑溜溜的，像一串丝线。有的地方结了蒲棒，通红的，像一支一支小蜡烛。青浮萍，紫浮萍。长脚蚊子，水蜘蛛。野菱角开着四瓣的小白花。惊起一只青桩（一种水鸟），擦着芦穗，扑鲁鲁鲁飞远了。

《受戒》笔调随意，恬淡自然，古朴优美，颇具古典主义的审美情趣和浪漫主义的人性之美。在看惯有亲情、无爱情的样板戏之后，刚刚进入80年代，《受戒》灵光一闪，文坛炸锅了！

王蒙的“怪小说”风靡一时

刚刚进入 80 年代，王蒙的六个短篇以中国意识流的怪诞又一次引爆文坛，必也正名，小说有了新写法！

《夜的眼》吓了人一跳：“奇怪，小说难道可以这样写？”小说为什么不可以这样写！

写法上的确有点“怪”，越出了常规，但是，读者能接受它。

文艺之于读者，无非两条：一、津津有味；二、开卷有益。作家能做到这两条，怎么“怪”都可以。唯其“怪”，转而新。艺术创新，贵在翻新，务去陈言，你越“怪”、越新，我越爱看。

胡耀邦关于题材无比广阔的讲话，被概括为“上下几千年，纵横几万里”（唐代张祜说：“故国三千里，深宫二十年。”）。王蒙复出，说他的创作是“故国八千里，风云三十年”。

王蒙是地下党，共青团区委书记，不满二十岁写了《青春万岁》，他曾经告诉我说：“小说是我的情人。”

“百花齐放”的时代，人们要看“百花”。从这个意义上着眼，我对于王蒙试验的成功，抱有预期的热情。

就从《夜的眼》说起吧。作者在尽可能短的篇幅、尽可能短的时间里，把各种复杂的生活现象（包括光线、音响、色泽、情景等）熔于一炉，酣畅淋漓，使人眼界开阔，想象力纵横驰骋。从边疆到首都，从首都到边疆，从民主到羊腿，从上海牌轿车到某负责人的公馆，从战友的挚情和信赖到阔少爷的傲慢与偏见，从边陲黑夜的犬吠到京畿宦门彩灯下的梦幻曲，从耀眼的街灯到人迹罕处的“夜的眼”，从通衢大道到坑坑洼洼，从城乡关系到关系学、两代人……眼花缭乱，通感惑人。

这是一双被都会夜市华灯刺蒙了的眼睛，是一双紧紧盯住羊腿和民主的眼睛，可是，临到末了，民主和羊腿还是没有统一起来。灯光的闪烁，夜景的明暗，都市与边陲差别的强烈，浮想联翩、纵横交错的新手法，得心应手，好似天神暗助一般。

接下来一发而不可止，接踵而至的，是一幕幕出神入化的“人间喜剧”。从《夜的眼》而《布礼》，而《风筝飘带》《春之声》《海的梦》，直到《蝴蝶》，凡六篇，短篇中篇尽有，五光十色俱全，人们这才明白：王蒙在小说写法上的变革，原来是有计划、有步骤、有目的的呀！

一篇两篇，人们也许不大注意；三篇四篇，五篇六篇，短篇中篇齐上，文坛终于被震惊了。

时代正在发展变化，小说从内容到形式或迟或早也要发生变化。不论变好变坏，成功失败，反正得变，不变是不可能的。潮流滚滚向前，王蒙站在潮头，是弄潮儿！

作为读者，我很欣赏王蒙的创造精神。王蒙三十年来，也像风筝飘带一样飘忽不定，被拨弄在革命与反革命、香花与毒草之间，奔走于京华、边塞一线，时间和空间的笔，宛如一部“意识流”小说不时地流动，在太不公正的岁月里，迫使一个善于用脑的作家不得不设法解放人身和人脑。王蒙的“花样翻新”，难道不是表现为思想解放的勇气吗？

在这六篇近作中，最先引起我注意的是中篇小说《布礼》。这部作品内容深刻，艺术新颖，明显地摆脱了一些旧形式的束缚，我在一篇介绍中篇创作的文章中表达了自己的这种欣喜之情，我及时推荐给读者。但是，我较多地着眼于作者在章节结构方面大幅度的跳跃，顺逆的交叉，时序的频繁颠倒与组合，但是，作者已经对感觉、幻觉、通感、想象等的描摹表现出特别的兴趣，那就是中国的异类“意识流”呀！

是不是如有人所说：西方的“意识流”要在中国交桃花运了？不，为我所用，但非照搬照抄、全盘西化，正像马克思将黑格尔学说剖析为内核、外壳后终究把它扬弃那样。

是不是如有人所说：“欧风美雨”又要冲进中国来？不，也不能这么笼统地说。为了画出现代中国的眼睛，用什么技法和颜料都可以，吃黄油面包，绝不会生出个洋人来。君不闻，中国的方块字（象形字，形声字），曾给苏联早期电影艺术大师的蒙太奇等手法的突破以直接的启示！

王蒙《夜的眼》一组试验短篇的出现，掀起了小说创作的新浪潮，带动了文学领域“拟现代派”的兴起。好啊，你“资产阶级的文学”趁机而入，文坛被搅动，这还了得，经过一番或硬或软的较量，事态渐渐平息下来，不知不觉，多元竞赛、多元互补的局面开始形成，“一个阶级一个典型”“为工农兵写、写工农兵、工农兵写”“主题要革命、调子要昂扬”以及“三突出”等条条框框进一步被打破，中国当代文学进入一个新的时段。真正的百花的齐放，创立自己的流派、发展各种流派的时候到了！

王国维从这里走来

王国维故居业经修复，还原旧貌，诗人雷抒雁却提醒我说：“‘王国维故居’者，王国维新居也！”我还是来了，毕竟这块地下埋着王氏的根。

早有此心愿，到浙江海宁的盐官专诚拜谒王国维儿时生活过的地方。王国维 50 年的一生，经历的也是他自己总结出的人生与治学的“三境界说”：“昨夜西风凋碧树，独上高楼，望尽天涯路；衣带渐宽终不悔，为伊消得人憔悴；众里寻他千百度，蓦然回首，那人却在灯火阑珊处。”王国维在海宁家乡望尽钱塘大潮、百日维新；然后离乡远去，为弘扬国学消得憔悴；继而登峰造极，历经世变而失群，蓦然回首，那人却在烟波浩渺处。

50 岁声名远播，竟鬼使神差又神志清醒地走向湖底。王国维羸弱而高大，夭亡而久长，短命而永寿，匆匆留下财富，匆匆葬送自己。王国维生得辉煌、死得懵懂。

国人惋惜王氏之死，又参不透王氏何以投水的秘密。21 世纪我等文人，到底怎样看待一代巨擘带着谜底绝对坦然地走向死亡呢？不错，王国维比屈原死得从容。

这生命史上深不可测的伟大灵魂！

我一路沉重地走来。

钱塘江攒足了劲，滚滚而下，流到海宁的盐官咆哮起来，掀起惊天大浪，狂涛巨浪可让天地变色。

“自古盐官多骚客，吟声激越胜潮声。”海宁何止是自然奇观罗列，人文景观更是奇崛超群。皇帝流连的足迹，才子诞生的故居，将相留存的府第，真替王国维高兴，一出生就熏沐着充足的文化气息。“我本江南人，能说江南美。”正是从这里，国学大师走过人生的第一站。

我一路沉重地走来。我专为一缕才盛怨多的灵魂而来。

王国维故居坐落在旧时盐官镇西门外的一块荒地上，周正的清代建筑风格，却少了大气派，现存三间平房、三间楼加厢房，看上去很不起眼，游人稀少。我想，当我踏进故居院门的时候，会看见更多的让我浮想联翩的实物，比如几株老梅的繁枝，明得如火的积雪，晶莹滋润，不比我们家乡的朔雪粉一样的干，大风一吹，便飞得满空如烟雾……正像鲁迅笔下的“废园”那样。然而，一片土黄。

徜徉在百年的小院里，不见江南园林的精美，也没有陈阁老府第殿堂般的豪气，却弥漫着浓浓的书香。我把这里当作几千年中华文化传承的隘关驿站，我在它每个看得见和看不见的角角落落寻找飘浮其间的余音和气味，抉剔隽永的文化品格，勘察蛛丝马迹的现场，揣度王氏生存的心态，向着竖立的塑像端详并讨教。

我在王国维的塑像前驻足瞻仰。瓜皮帽，浓重的眉毛，经年疲劳的双眼，高度近视的新款眼镜，蕴含傲气的目光，荣辱难辨的长辫，构成民国时代的精神气质。我真想跟他说点什么，但国学大师傲魂犹存，神情肃穆，深沉得相当冷峻。那双眼睛近视得厉害，然而深邃，清晰地凝视着一批批远来的客人。他的隐忍里包藏着洒脱，于世间的悲观保持习惯性的缄默。这一切像是明明白白告诉游人：你们什么也不用问，我什么也不会说！

算是修得同王国维擦肩而过，我蹑脚跨进“娱庐”的门槛。一派素雅庄重。首先映入眼帘的是郭沫若题赠的一副对联：

发前人之未所发　言腐儒之不敢言

倒也熨帖！故居前厅的正中，是先生的半身铜像，塑像之后再看铜像，未必尽传精神，不足观。陈列室共三部分内容：一、王的家世及平生；二、主要学术成就，各种著作和手稿；三、王氏研究论著。洋洋大观。“博大精深，学贯中西”的题词，是对他学术一生的确切概括。他的卧室在楼上，书桌临窗，著称于世的《人间词话》果真是（归省时？）在这张书桌上完成的？

王国维在经学、史学、甲骨文、金石学、古器物、音韵学、汉晋简牍、文学史、文学批评等研究考释的方方面面，均有卓著的造诣和创造性的发现，其诗词骈散之作亦通灵精美。32 岁写成的千古绝唱《人间词话》，37 岁撰写的新史学、戏剧史的开山之作《宋元戏曲史》，伟大的史学论著《殷周制度论》，博大精深的《王国维先生全集》令后人断魂。他自称“兼通世界之学术”，在哲学、文学、史学、伦理学、心理学、美学、逻辑学、教育学等诸多领域精彩纷呈，一人而兼具数美，求诸近三百年中华学人，谁能与之比肩！

王国维著述丰赡，自建一座天下独学的文明宝库。

王国维力倡新法。中国传统理论重人生经验、直观感悟和综合性的融会贯通，西方理论重在归纳抽象和逻辑分析。王国维以近代资产阶级的方法深入研究中国历史，早就明确地指出：从根本上说，“学无中西”！他取来西方人文新学与传统旧学相碰撞；取外来之观念与故有之材料相参证；取异族之故书与吾国之旧籍互相补证；取地下之实物与纸上的遗文相释证，承上启下，继往开来，“在几千年旧学的城垒上，灿然地放出了一段异样的光辉”（郭沫若）。连鲁迅也不无激赞地说：“要谈国学，他才可以算作一个研究国学的人物。”王国维对近代文化的巨大贡献无与伦比。

我徜徉在诞生大师的一方水土，眼前出现不尽的幻觉。

大厅里，忽然传来小国维的读书声、脚步声，似乎还夹杂着继母的斥责声……不过，此故居非父母在堂之彼故居，不必为厉害的继母担惊受怕，但孤僻的性情已经养成，总是那么小心翼翼。……他体素羸弱，性复忧郁，“人生之问题，日往复于吾前”。他拖着一条长辫从这里走来走去，就是这条肉体的和心灵的辫子，一直陪伴他度过人生的高潮期——伴着遗书静卧湖底。

谁能料到，郁郁寡欢的小国维就在这普普通通一座庭院里日复一日、年复一年、出出进进，而后由娱庐而杭州（二十一岁时作《观潮》有感于戊戌政变而步维新变法之风），22 岁离家而沪上，辛亥革命爆发后而东京，而南通，再渡日本（寓京都），再上海，继而（43 岁）任溥仪皇帝的“南书房行走”，继而北京大学，49 岁时受聘清华大学教育研究院任经、史、子学导师。

1927 年 6 月 2 日上午，王国维匆匆走完最后几步。他向同事借了 5 元钱，人力车拉他到颐和园，沿昆明湖畔步行至鱼藻轩，抽烟、沉思，然后静悄悄地一跃，落入泥沙淤积的湖底，水波惊后，涟漪淡去，50 年的生命就此终结。

内衣袋中藏有一纸遗书，遗书的前八个字“五十之年，只欠一死”。石破天惊！接着写道：“经此世变，义无再辱。我死后，当草草棺敛，即行槁葬于清华茔地……”

一步步到达学术的顶峰，一步步走向精神的迷宫。

王国维人生的第一站是江南盐官镇，王国维人生的终点是北京颐和园。

王国维自杀了，留下千古之谜。他完全可以不自杀，然而，自杀了。

只活了半生便悄然遁去，这是为什么？语焉不详！走得从容但内心慌恐，行事诡怪又神情坦然，陷苦难深重的中国历史于异常痛苦的沉思。

探究死因的立论不下五种："殉清说""逼债说""惊惧说""谏阻说""文化殉节说"。

不论是恐惧绝望还是遗世独立，五"说"的背后，都是一个孤寂的幽灵。王国维生于光绪年间，目击震耳欲聋的百日维新，卒于革命新军北上横扫之时。内心沉静与社会动乱的不协调，文人性情与复杂现实的不和解，大长辫子在大潮涌动时的惊惶失措，使他的死显得并不那么慷慨悲壮。鲁迅死时痛惜时不我予："还有许多事情要做。"王国维却中道而废，沮丧与无奈，骨头毕竟嫌软。

新潮思想的涌入对王国维并不陌生。他爱好西方的哲学与文学，很早接触叔本华、尼采和康德，然后解读红楼人物悲剧的命运，何尝不是为了自救？然而，"余之性质，欲为哲学家，则感情苦多……欲为诗人，则又苦感情寡理性多……他日何者终吾身，所不敢知。抑在二者之间乎？"。又在"可爱"与"不可信"之间产生疑虑，终于疏远西方哲学。甚至中国古代的善恶之争，也终以性善性恶不能讨论而草草收场。这种茫茫然的两难境地，让王国维在复杂动荡的变革中无所措手足。接下来，辛亥革命。在王国维眼里，辛亥革命的枪声让"纪纲扫地，争夺频仍，财政穷蹙，国几不国"，他以亡清遗臣自居，言必称国朝，那条长长的辫子仍然招摇于脑后。他东渡日本，埋头古旧，专攻经史，置身局外，社会兴废不屑一顾。其后又以五品朝官随侍逊帝左右。溥仪被冯玉祥驱逐出宫，王国维视为奇耻大辱，决意自杀，终因家人看护甚严未遂。溥仪被驱后，王国维时在清华，新旧教育更替、新文化运动蓬蓬勃勃，他却从容无视，埋头卜辞，抱守旧学——从中可见王氏“义无再辱”之“义”！1927年北伐军挥师北上，湖南军政府枪毙叶德辉，浙江军政府籍没章太炎，王国维受到莫大的刺激。一旦遇到“改朝换代”“天快塌下来”的时候，他本性中的不争便让他懵懵懂懂有些发呆。精神上垮了，士人的气节却继续支撑着不屈的腰身，所以他投湖前消停地吸烟，投水时极度地平静——从中可见“义无再辱”之“辱”！

王国维学术上成就斐然，政治上极为保守；一生辉煌的学术成就与晚年悲惨的结局把一代巨擘掰成两半。

王国维毕竟是目光如炬的近代大学者，而非主宰个人命运的社会思想家！

王国维自杀的消息惊动了已被冯玉祥赶到天津的逊帝溥仪，溥仪下诏封王国维为“忠悫公”！这是心灵间的相通，是极为有趣的佐证，所以鲁迅在《谈所谓“大内档案”》一文中称王为“遗老”。“遗老”者，“凡有民国所做的事，他自然都以为很可恶”。王国维“在水里将遗老生活结束”，尽管他“是老实人……老实到像火腿一般”。鲁迅知人论世，他的论断具有极强的说服力。

王国维自杀后的同一年，鲁迅在《小杂感》中写道：“要自杀的人，也会怕大海的汪洋，怕夏天死尸的易烂。/但遇到澄净的清池，凉爽的秋夜，他往往也自杀了。”王国维选中静谧的昆明湖。

王国维没有想呐喊也来不及呐喊，王国维只活了半辈子！王国维的塑像沉郁复沉静，站立在故居的庭院，依旧保持着沉默。

当我从这座坐北向南、总共二进的木结构庭院式的建筑物走出的时候，一个沉重的十字架压在我的背上。我走开了，又好像挪不开步子。此次造访故居，专为寻找一把钥匙打开王氏自沉之谜。我找到了，又没找到。

如今，静安先生静卧在北京西郊一座花园式的墓地——建于75年前的福田公墓。与王国维相毗邻的，是一批有名望、有学问的人：爱新觉罗·载沣、俞平伯、余叔岩、杨宝森、裘盛戎、钱玄同、余冠英、钱三强、汪曾祺、高元钧、陈叔通、何海霞、姚雪垠等。那里也有幸埋葬着我38岁的女儿阎荷，两墓相距很近，一年到头，我都要来这里几趟，恭恭敬敬地，在静安先生的墓前一拜。

2005年7月18日—2023年11月1日于家乡礼泉

孤魂无主

——老家的孔乙己

阎姓聚族而居，远房的伯父不少，但三伯生性怪异，涉世传奇，全身都有戏，生前，我恨他；死后，又想他。

三伯从小喜爱读书，据闻，四书五经“可以通背”，之乎者也烂熟于心，肚里有文墨，算得上本姓大族里不大不小的一个文人。后来抽大烟（吸食鸦片）成瘾，没有赶考，自甘堕落。

三伯的老屋在祖宅的正院，作为老大的一支，庄基阔大，屋舍俨然。他把祖上留下的家业卖个精光。三伯变卖房地产的办法很特殊，今天拆几根椽，明天拆几条檩，卖了钱便买大烟棒子。大烟棒子是把生土熬熟以后，用小片粽叶包起来，一小团拧一个棒子，酷似现在的水果糖。那时，醴泉县城（1950年代改为“礼泉县”，唐昭陵雄踞县城北山）有烟馆，三伯是那里的常客。一份家产全让他“抽”光了。落魄之后，每天只须一两个棒子即可过瘾，但愧无分银，一狠心，拿媳妇换了几两“生土”，媳妇哭哭啼啼，连人带娃，硬让人贩子给领走了。

房舍、庄基、老婆、孩子，全卖了，无立锥之地，他便在家族各个支系的公用粪场，搭造起一座简易的屋，大不过半间。

他不做庄稼，不养牲畜，无粪土可堆，在粪场占据粪堆大的一块地方安身，于情于理都说得通，所以无人过问。门外是林立的粪堆，人来人往，群蝇乱飞，窗小，门狭，屋檐低矮，你想进房门，焉敢不低头！三伯蜗居其中。

这半间小窝，面西，屋后紧贴糖坊大院，大院的门墙向阳，避风，每到冬天，老人聚集在这里晒太阳。人们懒洋洋地蹲靠在墙角，说长毛造反、西太后西逃，说袁大头登基、张勋复辟和孙大炮二次革命，谁家媳妇孝顺、儿子听话，谁家婆媳又上演《小姑贤》。午饭时分，儿子或媳妇给老人把饭端来，那碗大得像盆盆，吃一碗就饱得打嗝。阳光下一群老人变天说地，喜笑颜开，旱烟锅的烟雾缭绕，也是礼泉县城里的一大景观。我爷爷一辈子的私塾先生，教书育人，爱说笑，是这伙老哥们的核心人物。但是，不论门前污浊的粪场，还是屋旁热闹的老年活动中心，这一切的一切，都与独来独往的三伯无关。

三伯谋生了，在半间瓦房的门外挂了个“代写文书”的牌牌，从此有了“阎代书”的称谓。

阎代书没有早晨。从凌晨三点到午前十一点，是他最香甜的睡觉时间。十一点前后起床，躬着腰从窝里走出，低头，背手，迈方步，穿过柴市，上了大街。先到“一窝鳖”要一碟子羊肉包子，要么到店子吃上一碗红肉码子，然后，到“刘二茶馆”落座，边品茗，边招揽生意。总有乡下人向他拢来，这个要写一张地契，那个要写一份诉状。他不慌不忙，点头应允，不紧不慢，继续喝茶，直到喝足歇够才起身，求他的人尾随其后。三伯途经柴市，在烟馆买好棒子，回到小屋，先过瘾，过足了瘾，然后像医生叫号一样，按先来后到依次靠近炕桌，挨个儿给他们代书。三伯一天最为繁忙的时刻开始了。

写一张诉状或地契，没有规定的价钱，但来人留下钱财才肯离开。三伯从来不跟人争多嫌少，给多少收多少。整钱放在炕桌的抽斗里，小钱装在衣袋里。紧接着聚精会神，问问答答，无论长短，一挥而就。干这一行，礼泉县城他是独一份，因而，收可抵出。不过，这些钱全用在吃喝开销上，极少数购买笔墨纸张，大多换了大烟棒子。一桩案子要是有两家原告的话，两家原告都会来找他，他都应承下来，而且把两张状子写得全都在理，因了这一点，有人背后议论他，骂他是"黑心代书"，他不管这些，打官司嘛，或输或赢，全靠各人的本领和门路，与他代书有什么相干！除了诉状、地契，他还写书信、分约、婚单、对联以至"天皇皇，地皇皇，我家有个夜哭郎"。他精通农村一切应用文，靠一支秃笔换钱，有饭吃，有衣穿，有烟抽，倒也自由自在。

打发走一群来人，三伯感到疲累，从床上搬下矮桌，摆好烟盘，再足足过上一把烟瘾。此刻，日近黄昏，对门祖宅的台阶上下已经聚拢了嬉戏扯闲的人，他也躬身其中。孩子们要他讲包公、说济公，他不拒绝，而且加添上施公，绘声绘色，直到天黑，可惜，没有像孔乙己那样"多乎哉，不多也！"送茴香豆给孩子们。

入夜，被本家一座座粪堆包围起来的小小瓦屋安静极了，静得有些恐怖，粪堆刹那间变成一座座坟堆！夜无月时，漆黑可怕，阴森可怕，但是三伯不怕，一盏小油灯，睡得很晚，好像只有这样的氛围才好送他进入神游的佳境。他到底做什么呢？有人说挑灯夜读，有人说心系国难，有人说借酒浇愁，总而言之，此时的三伯回归到文人的本真。

我们家族有个不成文的规则，大年初一一大早，家族四个支系的男男女女，分性别排好长长的队伍磕头拜年，拜祖先的灵位和活着的长辈。队伍经过粪场，三伯尚在梦中，只好在他的窗外跪下磕头。尤其是年轻媳妇们，对他十二分的尊敬，一边下拜，一边对着窗里挑衅地喊：“三伯，给你拜年咧！”她们故意把嗓子扯得很高。他被吵醒了，翻了一个身，在床上懒懒地应承道：“磕吧！磕了搁在窗台上！”一阵阵笑声渐渐远去。妯娌来拜年，“三哥，给你磕头了！”他仍未起床，照样对着门窗说：“磕吧，磕吧，磕了搁在窗台上！”窗外说：“快吃饭了，你还不起来？”他说：“正安零件呢，安好了就起！”族里的长者听了这话，不高兴，长叹息：“他白领了族人的跪拜，祖先何曾领受过他一个头呢！”

冬天来了，他要烧炕，自己不耕不种，没柴没草，又懒于捡拾，便随手提上个粪笼，找到柴火堆就动手，扯呀扯，塞呀塞，塞满后大大方方走开，无人干涉，无人计较。

就这样，在这半间瓦房里，三伯度过了 15 年的日日夜夜，到了第 16 年，一个突然，儿子笃笃从外省远远地跑回家来。

年方一十七八。年轻的小伙子不显身份，在整条街上来回乱窜，暗中打问，最后在父亲最繁忙紧张的时刻，绕过粪场，推门走进半间瓦屋。屋内有人一字排开，挤在东墙的墙根，娃也不声不响地蹲在队尾。等人们一个个离开后，父亲以为这年轻人也是求他写诉状什么的，抬头便问：“你是啥事？先口诉吧！”孩子扑通一声跪倒在地，连呼亲爹，热泪盈眶。笃笃从母亲口里知道了自己的身世，不愿寄人篱下，决心千里寻父，身背母亲准备的干粮，空着两只手，跋山涉水，返回礼泉城关阎家什字。他哪料到父亲竟然蜷缩在巴掌大的小屋里，不觉悲从中来，一腔怨怼顿时化为怜父之情。

三伯老泪纵横，16 年来，他何曾如此伤心过！

笃笃大我 4 岁，我叫他“笃娃哥”。那时的我，正陶醉在街道的自乐班里，说唱念打，愉悦乡民。一次，自乐班在我家演练，笃娃来看热闹。16 年来，笃娃哪里见识过此等兴高采烈的场面，他沉迷其中，开始惊喜，继而发呆。我家心疼他，本家子的娃嘛，可怜家的，让吃让喝让拿，“叫娃下回再来！”

凭着是刘二的老顾主，三伯给儿子在茶铺找到一份苦差。我们礼泉县城，只有西门外的井水最甜，沏茶，味道甘醇，斟入杯中，高高鼓起，一清不溢，半点不流。自笃笃当了伙计后，刘二茶铺改用西门外的井水，从此客人蜂至，生意兴隆。笃笃为人老实，整日烧水拉风箱外带挑水。先是日挑十多担，后来陡增二十多担。挑回的水倒在两个大瓮里，清幽幽地打闪，照人可真呢！

笃笃睡在茶铺的板楼上，茶炉的热气准准地对着他铺下的被褥。他哪料到板楼的这一部位，虽然暖和却最为潮湿，不几年便染上风湿病，腰疼腿痛，终于在抗日战争的中期郁郁而亡，不满 20 岁。

儿子死时，三伯 63 岁，事后一百多天不曾接待过一个顾客，不曾写过一份文书。

一天午间，有人远远发现一个老妇在笃笃坟上烧化纸钱，捶胸拍土，号啕大哭，前仰后合，死去活来。三伯估摸着笃笃他妈寻娃来了，连忙跑向墓地，等他赶到时，无影无踪，杂草丛中只剩下一大堆纸灰，随风飘散，乌鸦惊叫几声，然后飞去。四野死一般的寂静，三伯在杂草丛中来回踱步，最后晕倒。

三伯一病不起，劝吃劝喝，不吃不喝，呻吟夹杂着梦呓，如泣如诉，几天后便死了。

孤魂无主。全族人为他筹办葬礼，一切遵照乡规里俗：阴阳看了地穴，掘圹七尺，青砖镶砌，三寸柏木棺材漆得油黑，十六抬棺罩，细乐吹吹打打，一群族里的侄儿、侄孙披麻戴孝。这样的葬礼使整个礼泉县城的老人们钦羡不已，说：“够了，够了，他这一生也值！”说：“有儿有女又能咋样呢？”

也许，三伯想为自己写一张诉状，控告不平的人世同时控告他自己，但他没有写。所幸者是，他死了，人们没有忘记，将他用了一生的那方似砚似瓦的东西置入棺内，没有忘记为他献上一支上好的小楷狼毫。

三伯从粪场被转送到坟地，活棺材变成孤魂野鬼。那时的中国农村，识文断字的极少，三伯死了，人们感到很不方便。很长一段时间，乡下人不知道他已经不在了，找他，在半间房的周围索索地转悠、等候，族里的人看见了，说：“不要等了，等不来了！”说着，眼里涌出了泪。

三伯生前，常来我家蹭饭，我最怕他来家里蹭吃要喝。他来家，母亲连声不断地“三哥！三哥！”叫着，殷勤待承。爷爷将他让上正座。我得先叫声“三伯！”，然后沏茶倒水。他一点也不客气，随便夸你几句，便推杯、挥箸忙活起来。我恭恭敬敬，双手把饭碗递到他的面前，一碗又一碗。我神情漠然，何等地厌恶啊！三伯看出来了，说：“吃多了，吃好了，够了！”母亲盯着我直翻白眼。

三伯一生，唉，怎么说呢？好吃懒做大烟鬼，卖房产卖媳妇卖儿败家子，不可原谅，我恨他、厌恶他。也怨他代写诉状，包揽词讼，为什么不像《四进士》里的宋士杰那样，打抱不平，击鼓鸣冤，舍得老死边外，一举撂倒他三个贪官！

笃娃哥死了，三伯跟着死了，六七十年后，我又想三伯了。想起那座粪堆群里的坟头活棺材，想起那方代砚而濡的瓦片，那些不值钱的秃笔，孔乙己般的恓惶可怜穷酸相，岁月的萧索、颓丧与衰败，不禁低下头来，彻心彻骨地忧伤。

笃娃哥死了，三伯跟着死了，他的那个社会也死了，我原谅三伯了。三伯品行罪错招人怨，可是乡下的受苦人离不开他，而他，只要填饱肚子过把瘾便知足。他有他的活法：安于贫穷，与世无争，自食其力，保有自我自尊的一席领地——自由的空间；也有安全感——莫谈国事，和孔乙己一样“从不拖欠”，你官府管不着，不担心“窃书不算偷”结果被人打折一条腿。

顷刻又幻化为文场、官场、情场、赌场、商场上一些颇为熟识的面孔。

我的族弟是奇葩

写了《孤魂无主》，而且获奖，竟然名列“徐迟散文奖”榜首，家乡兄弟们说：“阎家老屋（老老祖宗的宅院）还有奇人，咱们县的江湖奇葩，你接着写吧！”

可不是嘛，顺和哥和他的大儿子弟娃素以率直闻名，性格粗鲁不撒野，多行善事乡情好，穷而弥坚，是礼泉县城敢于挺起腰杆大摇大摆走动的人物。父子二人爱说笑，是乡民喜爱的笑星。顺和哥袖筒里揣棒槌直出直入，弟娃是实话巧说拐着弯儿非把事办成不可；顺和哥是冷幽默，弟娃是黑色幽默；顺和哥一肚子的怨气蓄势待发，弟娃混迹街头呼朋唤友口无遮拦，老人们说他是“混世魔王”，就像贾母说宝玉那样，其实是一种爱称。

弟娃他大也称奇

顺和是阎家老屋排行数三的一个老哥。困难时期过年，队上每户发十多斤麦子，几户只能凑起来磨面，磨完面队上要收费，顺和哥说：“我是长款户，你扣吧。”队上说：“那不是一回事，豇豆一行，茄子一行。”顺和哥说：“那你就先把豇豆一行给我，我再把茄子一行给你。”

又有一回，路上遇见一个女娃，伤心流泪，顺和哥问，她说想上学，学校不收，说：“十好几了，超龄！”顺和哥说：“去他的，几十岁的老婆子赶着去上扫盲班，十几岁说人家娃超龄了？”

顺和嫂一共生下4个娃，越穷越生，越生越穷，在挣工分的年月里，一家六口只好饿肚子。过度的劳累，顺和嫂病了，问：“啥病？”“没钱没粮上医院，咋知道啥病！”眼看着顺和嫂的脸和脚一天天争着肿起来。

1965年，好容易盼来个丰收年，队上来了个“四清”工作队的娄队长，该队长难得和社员同吃同住同甘苦，顺和哥编了一句顺口溜：“分粮分油，多亏老娄。”正月过年，阎家什字久违了的锣鼓又敲响了。顺和哥是阎家什字首选的鼓手。正月十五一大早，顺和哥手执胳膊粗的鼓槌响将起来，大鼓咚咚惊天动地，十副大铙地动山摇。只见铙手们的两手合合分分，举过头顶的大铙在空中翻滚、飞舞，发出“嚓嚓嚓嚓”迅雷般的阵阵巨响。击鼓者的小肚皮往前一攻一攻，腰杆屁股左拧右转，铙手们时而两臂伸直，时而两臂弯曲转着圈儿闪动；有人实打实敲，有人虚张声势，不断变换鬼脸，像要杂技似的，逗得众人大笑不止。只见顺和哥忽而槌敲鼓心，忽而槌敲鼓边，脸色通红，太阳穴上的青筋随鼓点暴起，全身的肌肉也随之颤动。那强烈的节奏，那音响的韵味，带着人们久违了多年的欢乐越过城北的泥河沟，波及九嵕山“昭陵六骏”的上空。顺和的几个娃高兴死了，急忙跑回家去，告诉蜷缩在炕上的病妈。顺和嫂说：“娃们啊，你大要是敲鼓，就是日子好过了。妈我看不见，妈在炕上扯长耳朵听着呢！”

正是这一天，顺和哥要完社火回到家里后，顺和嫂子的手脚已经冰凉，老天爷可真是，在两口子都为多年不遇的丰收高兴的一刹那大嫂却死了。

族里的人忙着给顺和嫂穿老衣，顺和哥满脸阴鸷呆呆地看着尸体不说话。四个娃哭成泪人，使出全力摇啊摇，要把他妈摇醒。顺和哥走近顺和嫂，流着泪，弯下腰，不由自主地把他劳累一生的妻子重重地亲了一口，这个动作让众人惊诧不已，猛然间，哭声四起。

弟娃，我的远房侄子，礼泉县城无人不知

无论大人小孩，提起弟娃，就像提起顺和哥一样感到亲切，好像阎姓族群里有了他和他大，生活就有了欢乐，有了生气。弟娃是顺和哥的老大，把我叫叔，提起此人，大大的有名，礼泉县城无人不知。

弟娃最早以放炮出名。本地民俗，迎亲嫁女必须放炮，但弟娃只替娶家放炮。迎亲车到门，一串鞭炮，三响大炮。大炮要放得巧，出其不意，放得脆响。出其不意是担保吓新媳妇一大跳，这自然有点技术。比如新媳妇一下车，刚刚迈步，一脚踩响，尘土飞扬，引得人们哈哈大笑。弟娃放炮，多是自动找上门的。人们见他来了，忙说：“来了，来了，先吃烟。”他将烟夹在耳轮上，并不急于点着，等迎新车到

门，这才点烟，狠吸一口，作为引火，然后寻觅时机，出其不意，骤然放响，惊天动地。

弟娃又学会响麻鞭。那麻鞭长五尺，鞭梢是红的，说是拿猪血浸过，这样抽打起来才清脆响亮，不开花。鞭竿用塑料绳扎得红一节、绿一节、蓝一节，很花哨。他把麻鞭整日缠在腰里，半夜从外边回来，一路上甩得叭叭响，人们听到鞭声，知道该上炕睡觉了。弟娃睡得晚，起得早，天刚麻麻亮，将麻鞭甩上几声，然后满街走动，满街爆响。这鞭声像金鸡报晓，催人起身，开始忙一天的活儿。

学会了甩长鞭，很自然过渡到赶大车。弟娃赶车，一不搞运输，二不拉粪土，专门为迎娶新娘服务。娶媳妇赶车，并不是一种职业，由于弟娃从小会放炮，人们很乐于请他，时间长了，好像成了他的一种职业。媳妇娶回来，主家便请赶车的把式入席，弟娃吃得满嘴流油，乘兴闹了洞房，然后噼叭噼叭甩起长鞭，回到家里，夜已深了。

弟娃终于有了一种职业：看守尸体

弟娃终于有了一种职业：看守尸体。那些年，县上常常枪毙人，贪污犯、盗窃犯、抢劫犯、杀人犯，毙后一时无人收尸，公安机关便让弟娃看守，一天一夜十元钱。弟娃凭着他胆子壮、会甩鞭，晚上和尸体睡在一起，轻轻松松十元钱。遇到无人认领的尸体，公安局让他掩埋。有主儿的尸体，主家认领，带几件新衣来。谁敢给死人穿衣服呀？谁又会给枪毙的死人整容穿衣服？他敢，他也会！给死人穿衣，按衣领论价，一条领早先三元钱，后来涨价，五元。

粗识文墨却给祖宗续家谱

弟娃特别爱护我们的家族，他以家族的人口众多、相亲相爱、颇有几位出人头地的人物为荣。他借助老屋里才有资格悬挂的祖宗的“影”（像），厘清大略的谱系，便动手搜集资料了。我从西安回到县上过年，家里厅堂的四周悬挂着宋伯鲁题赠给太爷“春亭兄”的字、画和书法。弟娃解释说：当时阎姓聚族而居，占了西城角角丁字街大半个街面，阎家家大业大，是礼泉县城里的名门望族，老祖宗曾经和后来参加戊戌政变的著名诗人、画家兼书法家宋伯鲁认干亲，他赠送老祖宗的卷轴件件是宝。

弟娃年纪轻轻的，肩负着类似宗祠管家的使命，四处打听，把我们家族的历史摸得一清二楚，尤其对各个支系的子嗣、某一辈分的人数、名号、性格、轶事了如指掌，有机会便津津乐道：“我老老爷那一辈，兄弟 5 人；二老老爷，在外做官，有 4 个少爷，个个聪明过人。”对我说：“你老爷阎长荣，字春亭，生于 1850 年，早亡，享年 42 岁。”“老爷辈，为‘守’字辈，几乎把‘言’部的字用光了！我爷这一辈，兄弟 18 人，‘景’字辈……”这 18 人，谁夭亡，谁早逝，谁有后代，谁无子嗣，他都清楚。他仅仅粗识文字，这些考证不知出于何典。越到下一辈——也就是他大这一辈，人数越来越多，不少随父母在外地落户，有的是在外地出生，要搞清楚，颇费功夫，但是他搞清楚了，以至于连那些他不曾见面不知出生年月的几位，也能准确地列出排行，像是“忠义堂”给梁山一百单八将一个不落地排座次。

农村经济体制改革以后，生产队不存在了，百姓遇有打墙、盖房或其他红白喜丧之事，一时无人派工相互协助。阎家本族为了解决这一难题，发起成立“家族自治委员会”，无论哪家有事，均由自治会负责组织人力。自治会成立时，选了委员和主任，弟娃荣任通讯联络干事，这是他一生中最得意的一天。任职后工作认真负责，现已提升为自治会的委员，将来大有荣任主任之可能。

如此这般，自然而然，族人喜欢他，信他。阎姓本家有他这样一个义务为家族办事、精心掌管家族档案的后生是一大幸事，阎家什字繁衍不断、接绍香烟，生活里可不能少了咱弟娃啊！难怪老人们说他是“混世魔王”，就像贾母说宝玉那样，其实是一种爱称。

不怕鬼，不信邪，“混世魔王”真孝子

弟娃现在已经是50多岁的小老头儿了，由于青壮年时代当过医院太平间的看门人，后来又干过替死人整容、穿衣服的营生，一直与医务界和公安局保持着联系，现在竟然坐在县医院的大门口当起医院的传达了。身份变了，得收收野性，上班不能走神，还得装扮入时。他弄来一身黄军装，一件军大衣，黄色不离身，俨然一个“公家人”。

弟娃对工作极其认真，当传达同时兼着门卫，他有武功，是门神！这年头，门卫工作越来越重要，因此，医院的上上下下都视他为安全卫士，十分器重。弟娃总是替病人着想，按照病情去门诊察看哪几位大夫正在上班，然后指点病人挂谁的号。他以为某种病必须由某个大夫治疗时还专门去说情。大夫也都听他的，因为他常在大门口夸赞他们：“我们的 ××× 大夫，那真是华佗再世！”他的这一夸赞虽不是技术鉴定，不能凭它涨工资、评职称，但是哪位大夫不被他夸赞，心里

还觉着不是滋味呢！

弟娃对乡下赶来急诊的病人怀有极大的同情心，无论春夏秋冬还是深更半夜，只要有人敲打医院的铁皮大门，他即刻起身下床，打开大门，迎进危急病人，帮他们挂号，找医生，抬氧气。

这年头，没钱没势的办事就得托人，乡下人在医院既没有外甥，也没有干儿，变着法儿和弟娃交朋友、拉关系，以防家人有个大病小灾的生生给耽误了。他们说那小老头儿人好，办事热心，不嫌弃穷人。他们不免送他点小的礼品来。遇到这种事，弟娃一口拒绝说："在咱这儿，不兴这一套！"身披军大衣，俨然清正廉洁的大干部。

这年头，吃喝嫖赌抽，坑蒙拐骗偷，社会不安然。一天，我的芳妹急了，说她的"唐老鸭饭店"常常被一伙年轻人骚扰、施暴，白吃、白拿，还摔摔打打，怎么办呀？我大哥听见了，把大腿一拍，说："寻咱弟娃去，你是他姑！"弟娃既不是黑社会，又不靠武力征服，就凭他那点小小的威望，几句不软不硬的话把一伙人给喝退了。

"姑！那一伙东西不学好，我美美数说了一顿。我指着他们的鼻子说：'你们听着，这是我姑开的店，谁闹，小心谁的狗腿！我整天抱着死人打交道，鬼都不怕，怕你们？'"

从此以后，芳妹的饭店除了税务局白吃白拿外，总算是平安无事。

"不行不行，那不成税务局了！"

一日，弟娃路过振芳小妹的"唐老鸭饭店"，被芳妹推进饭店，说："弟娃，碎姑今儿算把你这座尊神拽来了。姑管饱！"弟娃说："不行不行，那不成税务局了！"接着说："我看看运生叔（我的小名）这上面写的是啥。”

对面墙上是我题写的《吃喝打油诗》，弟娃大声念道：

人生在世求吃食，有了食来又求衣。长袍短褂做几套，回头又嫌房屋低。

高楼大厦盖几座，房中又缺美貌妻。红粉佳人作陪伴，出门没有骏马骑。

出门骑上高头马，有钱无官被人欺。当朝一品为宰相，不如南面登了基。

面南登基坐天下，想跟神仙下盘棋。太上老君输给我，想跟玉帝认亲戚。

人心不足蛇吞象，气是清风肉是泥。半斤老酒一碗面，保君每日笑嘻嘻。

念完拍手大笑，扭头走人，芳妹拉都拉不住，只听他嘴里嘟嘟囔囔：“不，碎姑，那不成税务局的人么！姑，忙你的去，你侄儿吃过饭咧！”

阎老先生、阎纲、阎力和阎荷

家父在堂，86岁，在下不敢言老。给父亲写信时，我极尽小儿态，强颜欢笑，做天真状。年近九旬，耄耋之年，孑然一身，自炊独处，我心不安。感谢公家，终于住进宽敞的居室，遂敬请老父北上颐养天年。父亲怎么也不肯，故土难移。我接二连三驰书催行，恨不得趴下涕泣跪请。信曰："望求老父，北上团聚。在父，以尽堂前训子之责；在儿，以尽老莱子膝下娱亲之孝。天伦乐事，时不我待，胡不归！"

年初，我回家乡将老父接到京城，晨昏定省，朝夕陪伴，大自推轮椅拔牙镶牙，小至接电源开电视播放秦腔、说话解闷。照例的一日三餐，买菜做饭，洗衣洗脚，扫地擦桌子，提壶倒垃圾，全方位的侍奉，多层面的保健，尽心尽力，无所不干，集女儿、保姆、大少爷、小跑腿的职能于一身。我也吃惊：这么多的角色我竟然扮得如此出众！

"父母在，不远游，游必有方。"可参加可不参加的社会活动一概婉拒，自己几十年来形成的一套生活习惯该冲破的就得冲破。我自己吃饭简单，只要有面食、辣椒就行，但给父亲的饭食必须清淡多样；我自己不爱洗洗涮涮，但每天晚上十点钟必须把水温适度的烫脚水恭恭敬敬地放置在电视机对面的父亲脚下；我即使再忙、再累，也要在父亲烫完脚后立即将水端走倒掉，必须等电视机屏幕出现“再见”二字时将机关掉。父亲白内障手术前，一只眼睛什么也看不见，另只眼睛视力仅有 0.02，但是喜欢读书看报，术后尤甚。真不敢相信他一手捧起砖头、一手执放大镜将 32 万字的长篇小说《雍正皇帝》几天之内用眼睛齐齐儿地扫了一遍。他还在自己的小屋里时不时地写点什么。一天，我收拾他的房间，一个标题映入眼帘：谈戏迷，记述当年与秦腔名角交往和组织话剧团进行抗日演出活动的趣闻轶事。父亲的起居饮食极有规则，休息、娱乐、学习搭配得当，吃饭不过量，处事不过头，不偏不倚，中庸之道，不惹是生非，不开风气之先，心里不搁事，遇事顺乎自然，易地亦然，雷打不动。这也许就是他的长寿秘诀。

我却差远了。父亲来后，我的生活全部打乱，又当孩子又当保姆，是 60 岁的儿子兼保姆，我乐意，我多方位地异化本我，所以，当父亲读书看报写作时，我感到自己远不到倚老卖老的时候。

8 月 14 日，年届花甲，似水流年。日前，儿子和女儿要给我做寿，说“60 大寿不可不过”。我不客气地训了他们一通：“我什么时候过过生日！乏善可陈！”电话的对方颇感委屈和不解。翌日，儿女又来电话，质问道：“你说过，活到 60 大宴宾客，自己许下的愿竟然忘了？”

孩子们说的一点不假，有这么回事。1979 年 7 月，在协和医院，我的胃部恶瘤手术。原计划全胃切除，将食道和小肠连接，每顿吃一两饭，进食后有痛感，饭后只能平卧。手术有危险。但是，情况比预料的要好。主治大夫的手术刀非常高明，神不知鬼不晓，竟然使我的 3/5 的胃得以保留，真不知怎样感谢他们才好。术后，卧于病榻，医生鼓励我鼓起驾驭生命的勇气，我说：“那就争取活到 60 岁。”医生说：“不成问题。”闻之大悦。我保证地说：“活到 60 岁，1992 年，我请客，大摆宴席，首先恭请诸位医师大人！”

正是这3/5的胃支撑这羸弱之躯挣扎奋斗了13年——整整一个“延安时期”，比“八年抗战”还长。固然，13年，只不过我的一个短暂的人生段，但是生活内容驳杂，悲欣交加集，极富戏剧性，说好听点，如白居易诗云：“婆娑绿阴树，斑驳青苔地”，生命力顽强，艰难却有意味。我烧香念佛也不敢想入非非，鬼门关前居然一个大转身，一来二去，忝在了健康老人之列。

我并没有忘记“活到60岁大摆宴席”，可是我还是拒绝做生日，百感交集，往事如烟，人生苦短，哪有这番情致！何况老父在堂，不敢言老，如此这般……孩子们再没说什么。

生日那天，冷冷清清，照例的粗茶淡饭，正常的刷锅洗碗。天气仍然很热。上午到医院做了肠胃钡餐造影。医生问：“家属怎么不陪同？”我说：“谁也没告诉，今天我生日！”医生莫名其妙。

不久，儿子送来一只白猫，说是专为我和爷爷弄来的。他说没有给老爸过生日，很过意不去，这只猫权当生日礼品，没事时逗逗玩玩、解解闷儿，“不然，你和爷爷太寂寞”。爷爷没说什么，他一向寡言。我无奈，说：“那就留下吧。”接着，儿子把养猫须知一一详述，要我照办，要有不明白的，随时给他打电话。

一只雪白的小猫，跳跳蹦蹦，给室内平添了生气。但是，当着儿子的面不好直说，我和老人都不喜欢猫，特别是猫的那副媚态，猫不如狗，狗比猫义气，我和父亲不约而同地道出四十多年前秦腔的一个剧目的名字：《义犬救主》。猫不行，有奶便是娘。狗则不然，“儿不嫌母丑，狗不嫌家贫”。

我最讨厌猫谈恋爱时难耐的、发嗲的、假模假势又如泣如怨的刺耳的尖叫，真让人受不了。

又过不久，女儿送来刘心武的新著《风过耳》，也说是给我解闷。

我并不寂寞，并不沉闷呀，你们怎么搞的！我一天的事情做不完，而且生性好静，你们忘了？但《风过耳》来得是时候。有作家告我说，里面的故事热闹着呢，备写文坛风流，宫自悦、匡二秋、简莹、欧阳芭莎这伙“新潮”人物，刻画得活灵活现。这伙人物我们见多了，人见人骂，人人又拿他没有办法。

再过不久，儿子又送来一只猫，黑白相间，刚出生不久，毛茸茸的一副憨态，精灵般的，煞是好玩。

慢慢地，我还是讨厌猫了。每天从 17 层楼上下来换土，时时搜罗鱼头鱼尾鱼杂碎做猫餐，弄得我不胜其烦。屋子里尿臊味越来越大，给老人做饭还得给猫煮食；特别是两只猫求食时喵喵叫的那副嘴脸，那副媚态，着实难以继续忍受。尤其是一对男女的嬉戏以及其充满柔情的尖叫使人烦躁不安，但屡禁不止。后来，他们对我的殷勤逐渐降温，而且越来越不畏呵斥，绝对无视我的存在。他们经常跳上我的书桌抓碎稿纸，经常蹿上饭桌在父亲的莱盘里争荤。我烦透了这对“狗”男女，一见他俩就像遇见宫自悦和匡二秋。我准备读完《风过耳》后将二猫送人，免得不间断地产生不愉快的联想。

父亲和我正相反，你越着急的事他越不着急，你越烦心的事他越有耐心，他对猫的反感丝毫不亚于我，可是他从不对猫公子、猫小姐下逐客令，而且劝我遇事要忍，要知足，知足者常乐，忍一忍，风浪就过去了。

不几日，又一个讨厌的人物闯进我的生活，就是华威先生。为了编书的需要，我和张天翼的《华威先生》不期而遇。要说做人，华威先生让人讨厌；作为艺术典型，华威先生让人叫绝。

华威先生整天忙于开会、赴宴，是职业的“会议阀”。他一天开几十个会，所以来去匆匆，总是迟到早退。谁不请他开会，谁就是“秘密行动”，要追查背景。他总是坐着一辆光亮的包车在街头闪电般地疾驰。他永远挟着一根老粗老粗的黑手杖。他始终以热心抗战的面目和庄严的姿态出现在各种各样的集会场合。他是大后方官场的宠儿，又是国统区官气十足的文化人。他煞有介事地为抗战奔波，实际上是鬼混其中成了抗战的障碍。他浅薄、庸俗、无聊，令人喷饭，却装腔作势，附庸风雅。他到处伸手，然而什么事情也干不了。

放下《华威先生》，再拿起《风过耳》，宫自悦之流也不示弱。此辈，朝叩富儿门，暮随肥马尘，奔走华洋之间，往来主奴之界。在主子面前，他可能是奴才；在奴才面前，他当然是主子，在主与奴、名家与同类与弱者之间，他是变色龙。

是呀，他宫自悦五十大几的人了，为什么活像个“小字辈”似的，活蹦乱跳于这个老、那个老之前？为什么每天不辞辛苦东奔西跑，到这个场合中那个场面上频频亮相曝光？又为什么一会儿任这套丛书的挂名主编，一会儿任那个社会活动的倡议者和发起人？为什么忽而同这个人结盟，从调情瞎逗到签订委托书，似乎好得合穿一条裤子还嫌肥；忽而舍此就彼，把原结盟者视作陌路乃至反目成仇，又与新友如胶似漆、打得火热？……

华威先生有后，后生可畏。他们都是“会议阀”，好摆官僚架子，自诩正人君子，都是文丑。但宫自悦们尤甚于追慕名位的华威先生，追名逐利，情系官场，一身的荤腥。宫自悦们的鬼心眼连同贪欲、好色与势利，一概被推向市场。在他们眼里，文坛连同名家非名家、合法非法、已婚未婚、活人死人、善人恶人、好心歹心都是商品，都可巧取豪夺、买入卖出，一展坑蒙拐骗之方，大兴纵横捭阖之术，兼济厚黑之学。要是说华威先生是官气十足的文化人的话，宫自悦们则是流气十足的文化商，他们买卖的商品既包括名家的遗稿，也包括别人的情爱和他自己的逢场作戏。

公白猫又同母花猫作异性的追逐，小姐大呼小叫冲着我求救，很快地，小姐又同公子齐声向我讨要，惊恐立时变成软语，憨态可掬，妩媚可掬，谄谀可掬。顷刻又幻化为文场、官场、情场、赌场、商场上一些颇为熟识的面孔。

父亲走过，二猫毫不理睬，继续对我纠缠献媚。父亲从来不喂他们食，根本不理他们，他们自然也不理他。

这两只猫，我是决计不能留了。马上给儿子打电话，限三日内来人带走，逾期，无偿出让，甚至放生。好，就这么办，不能手软。

大前天、前天、昨天没有人来。我要贴告示了。取来一张硬纸板，上写：

> 今有白猫（公）、黑白花猫（母）各一只。身体健康，活蹦乱跳，善解人意。愿无偿捐赠爱猫的主儿。有意者请到本楼1701室叩门。

1992年8月

我吻女儿的前额

美丽的夭亡。她没有选择眼泪。

女儿阎荷，取“延河”的谐音，爸妈都是陕西人。菡萏初成，韵致淡雅，越长越像一枝月下的清荷。大家和她告别时，她的胸前置放着一枝枝荷花，总共38朵。女儿1998年查出肿瘤，从此一病不起。两次大手术，接二连三地检查、化疗、输血、打吊针，“那瓶走尽这瓶流，点滴何时是个头？”祸从天降，急切的宽慰显得苍白无力，气氛悲凉。可是，枕边一簇簇鲜花不时地对她绽出笑容，她睁开双眼，反而用沉静的神态和温煦的目光宽慰我们。我不忍心看着女儿被痛苦百般折磨的样子，便俯下身去，梳理她的头发，轻吻她的前额。

鬼使神差般地，我穿过甬道，来到协和医院的老楼。21年前，也是协和医院，我在西门口等候女儿做扁桃腺手术出来。女儿说：“疼极了！医生问我幼儿时为什么不做，现在当然很痛。”其状甚惨，但硬是忍着不哭，怕我难过。羊角小辫，黑带儿布鞋。19年前，同是现在的六七月间，我住协和医院手术。穿过甬道拐进地下室，再往右，是我当年的病房，死呀活呀的，一分一秒的，就是在这里度过的，这里还留着女儿的身影。此前，我在隆福医院手术输血抢救，女儿13岁，小小的年纪，向我神秘地传递妈妈在天安门广场的见闻，带来天安门诗抄偷偷念给我听。她用两张硬板椅子对起来睡在上面陪护，夜里只要我稍重的一声呼吸或者轻微的一个翻动，她立刻机警地、几乎同步地坐起俯在我的身边，那眼神与我方才在楼上病房面对的眼神酷似无异。她不敢熟睡。她监视我不准吸烟。有时，女儿的劝慰比止痛针还要灵验。

回到病房，我又劝慰女儿说："现在我们看的是最好的西医郎景和，最好的中医黄传贵，当年我住院手术不也挺过来了？那时好吓人的！"女儿嘴角一笑，说："你那算什么？轻松过关而已。"她千叮咛、万嘱咐，一定让提醒那些对妇科检查疏忽大意的亲友们，务必警惕卵巢肿瘤不知不觉癌变的危险，卵巢是个是非之地，特别隐蔽，若不及时诊治，就跟她一样受大罪了。

最后的日子里，5大痛苦日夜折磨着我的女儿：肿瘤吞噬器官造成的剧痛；无药可止的奇痒；水米不进的肠梗阻；腿、脚高度浮肿；上气不接下气的哮喘。谁受得了啊？而且，不间断地用药、做检查，每天照例的检血、挂吊针，不能将痛苦减轻到常人能够忍受的程度。身上插着管子，都是捆绑女儿的锁链，叫她无时无刻不在炼狱里经受煎熬。

"舅妈……舅妈！"当小外甥跑着跳着到病房看望她时，她问了孩子这样一句话："小镤，你看舅妈惨不惨呀？"孩子大声应道："惨——"声音拉得很长，病房的气氛顿觉凄凉。

同病房有个6岁的病友叫明月，一天，阎荷坐起梳头，神情坦然，只听到一声高叫："阎荷阿姨，你真好看，你用的什么化妆品呀？"女儿无力地笑着："阿姨抹的是酱豆腐！"惹得病房一阵笑声。

张锲和周明几位作家看望，称赞"咪咪，真坚强！"。女儿报以浅笑，说："病，也坚强！"又让人一阵心酸。

胃管里流出黑色的血，医生急忙注射保护胃黏膜和止血的针剂，接着输血。女儿说：“现在最讨厌的是肠梗阻。爸，为什么不上网求助国际医学界？”我无言以对。女儿相信我，我会举出种种有名有姓的克癌成果和故事安抚她，让她以过人的毅力，一拼羸弱不堪的肢体，等待奇迹的出现。我的心情十分矛盾：一个比女儿还要清醒、还要绝望的父亲，是不是太残忍？可是，我又能怎么做呢？只能把眼泪往肚里咽，只能以最大的耐心和超负荷的劳碌让她感受亲情的强大支持。

夜深了，女儿周身疼痛，但执意叫我停止按摩，回家休息。我离开时，吻了吻她的手，她又拉回我的手不舍地吻着。我一步三回头地出了病房，下楼复上楼，见女儿已经关灯，枕边收音机的指示灯如芥的红光在黑暗中挣扎。一个比白天还要难熬的长夜开始折磨她了。我多想返回她的身边啊！但不能，在这些推让上，她很执拗。

女儿在病房从不流露悲观情绪，她善良、聪颖，稳重而又风趣，只要还有力气说话，总要给大家送上一份真情的、不含苦涩的慰藉，大人孩子、护士大夫都喜欢她，说“阎荷的病床就是一个快乐角，什么心里话都愿意说给她听”。

2000 年 7 月 18 日凌晨 4 时，女儿喘急，不停地捯气儿，大家的心随着监护仪上不断闪动的数字紧张地跳动。各种数字均出现异常，血氧降至 17。外孙女给妈妈擦拭眼角溢出的泪水。

10 时 20 分，女儿忽然张口用微弱的语调问了声：“怎么还不给我抽胸水？”一会儿，又用微弱的声音说：“陆刚，快把土豆削一下！……”再往下，音调模糊，不知所云。潘大夫叫道：“阎荷！阎荷！”眯眯迷蒙无光，默默不语。“陆刚，快把土豆削一下！”啊？弥留瞬间，她回家了，仍然和陆刚一起做饭，没有离开温馨的家。

“陆刚，快把土豆削一下！”这最后留给大家的一句话，是诗，是禅，穿越时空，不禁的遐想。

她用捯气抵御窒息，坚持着，挣扎着，痛苦万分。我发现女儿的低压突然降到 32，陆刚即刻趴到她的胸前不停地呼叫：“咪咪，咪咪，你睁眼，睁眼看我……咪！”女儿眼睛睁开了，但是失去光泽……哭声大作。潘大夫说：“大家记住时间：10 点 36。这对阎荷也是一种解脱，你们多多保重！现在让我们擦洗、更衣、包裹……”可怜的女儿，疼痛的双腿依然翘着。护士们说：“阎荷什么时候都爱干净。阎荷，给你患处贴上胶布，干干净净地上路。”又劝慰大家说：“少受些罪好。阎荷是好人！”女儿的好友甄颖，随手接过一把剪子，对着女儿耳语：“阎荷，取你一撮头发留给妈妈，就这么一小撮。”整个病房惊愕不已。

女儿离去后，有泪皆成血，无声不断肠，但是我如梦如痴，紧紧抓住那只惨白的手，眼睁睁看着她的眸子渐渐地黯淡下来，却哭不出声来。我吻女儿的前额。

《文艺报》的李兴叶、贺绍俊、小韩、小娟闻讯赶来，痛惜之余，征询后事。我说：“阎荷生前郑重表示‘不要搞任何仪式，不要发表任何文字’。非常感谢报社和作协，你们给予她诚挚的关爱，在她首次手术时竟然等候了 10 个小时！”

妈妈的眼睛哭坏了。伴随着哭声，我们将女儿推进太平间，一个带有编号的抽屉打开了，已经来到另外一个世界。我抚摸着她僵硬疼痛的双腿，再吻她的前额，顶着花白的头发对着黑发人说：“孩子，过不多久，你我在天国相会。”

八宝山的告别室里，悬挂着女儿的遗言：“大家对我这么好，我无力回报。我奉献给大家的只有一句话：珍惜生命。”那天来的亲友很多，文艺报社和作家协会的领导几乎都到了，女儿受用不起，她生来就不愿意惊扰别人。

女儿的上衣口袋里，贴身装着一张纸片，是她和女婿的笔谈记录，因为她说话已经相当困难了。血书般的纸片，女婿至今不敢触目。

——等你好了，我们好好生活。

——哪儿有个好啊？美好的时光只能回忆了。

——只要心中有我们，一定能够战胜疾病。

——我心中始终有你们，却没能控制住疾病。如果还有来世，只盼来世我俩有缘再做夫妻，我将好好报答你。

——从今天开始咱俩谁也不能说过分的话，好吗？

——这些都是心里话，因为我觉得特别对不住你们，你们招谁惹谁了，正常的生活都不能维持。

——你有病，我们帮不了忙，不能替你受苦。

——谁也别替我受苦了，还是我一人承受了吧。我只希望这痛苦早些结束，否则劳民伤财。真的，我别无他求，早些结束对我来说是最大的幸福。

——别这么想，只要有一点希望咱们俩就要坚持，为了我，是不是我太自私了。

——坚持下去又会怎样呢？你看你们每天跑来跑去，挺累的，为了你们，我看还是不再坚持为好。肠梗阻太讨厌了！

——生病没有舒服的，特别痛苦，你遇事不慌，想得开，我看是有希望的。

——你看不行，你是大夫吗？（玩笑）

——你知道多少人惦着你呀？

——大家对我这么好，我无力回报。我奉献给大家的只有一句话：珍惜生命。我真的爱大家，爱你，爱丝丝，爱咱们这个家，都爱疯了，怎么办？真羡慕你们正常人的生活，自由地行走，尽情地吃喝。没办法，命不好。酷刑！胃液满了吧？快去看看！

后来，又在她的电脑里发现一则有标题的短文，约作于第 11 次化疗之后。惧怕的事情终于发生了，她却变得坦然。“思丝”即思恋青丝，女儿的女儿也叫丝丝。

思丝

做梦也没有想到，我，一个 12 岁孩子的妈妈、满头青丝的妇女同志会以秃头示人。更没有想到，毅然剃发之后竟不在意地在房间内跑来跑去，倒是轻松，仿佛“烦恼丝”没了，烦恼也随之无影无踪，爽！

活了 30 多岁，还没见过自己的头型呢，这次，嘿，让我逮个正着。没头发好。摸着没有头发的脑袋，想一想也不错。往常这时候我该费一番脑筋琢磨这头是在楼下收拾收拾呢，还是受累到马路对面的理发店修理修理？是多花几块洗洗呢，还是省点钱自己弄弄？掉到衣服上的头发楂真麻烦，且弄一阵儿呢。没头发好。

没了头发才明白为什么有人愿意剃光头。盛夏酷暑，燥热难耐，哪怕悄悄过来一股小风，没有头发的脑袋立马就感到丝丝凉意，那是满头青丝的人无论如何也体会不到的。没头发好。

没有头发省了洗发水，没有头发节约护发素，没有头发不用劳驾梳子，没有头发不会掉头皮屑。没头发好。

没头发的时候，只能挖空心思发挥其优势，有什么办法呢？再怎么说，这头也得秃着啊。

我翘首盼着那一天，健康重现，青丝再生。到那时，我注定会跑到自己满意的理发店去，看我怎么摆弄这一撮撮来之不易的冤家。洗发水、护发素？拣最好、最贵的买喽！还有酷暑呀？它酷它的，我美我的，谁爱光头谁光去，反正我不！

衰惫与坚强，凄怆与坦荡，生与死，抚慰与反抚慰……生命的巨大反差，留给亲友们心灵上难以平复的创痛。

吻别女儿，痛定思痛，觉得死亡也没有什么可怕。死后，我将会再见先我一步在那儿的女儿和我心爱的一切人，所以，我活着就要爱人，爱良心未泯的人，爱这诡谲的宇宙，爱生命本身，爱每一本展开的书，与世界上第一流的思想家作精神上的交流。

陈冰夷照相的喜剧

多少个年头过去，几乎把老人给忘了，不承想在这儿遇见，两个人挤靠得亲亲热热。

2001 年 12 月，第七次文代大会开幕，会前安排代表们同党和国家领导人合影留念。

那是一次两千四百多人的大拍照，代表们早早由服务小姐叫醒，提前两个小时依次乘车，鱼贯通过安检进入人民大会堂。这时，更早起床的工作人员已经按人数将场地布置停当，我们普通代表们按照各人手中密密麻麻的“排位示意图”寻找自己的站位，脚步零乱却秩序井然，严肃而热烈的场面可谓壮观。无意中看见陈冰夷，没错，就是他！

老人规规矩矩慢慢腾腾不敢掉队，东张西望寻寻觅觅心无旁骛，哪儿顾得上听我问寒问暖，只拉了拉手便各自忙活起来。我赶忙挤过去，好容易替他找到站位，再看看我的号，恰好和他是紧邻，这太巧了，太好了！我搀扶着，把这位 84 岁高龄、声望卓著的翻译家一步步扶上高梯的最高层，贴身站稳，靠拢再靠拢，那份亲热劲啊，好在他和我都不需要减肥。

老人见我，兴奋异常，十分健谈。我夸赞他身子骨硬朗，思维清晰，记忆力强，询问他日常的起居状况。陈老说，50年来，爱是不能忘记的，恨也是不能忘记的，这种感觉常常萦绕于怀，总想把一桩桩一件件全都写出来。“我经历的事能拉几火车，从中苏关系、外交风云、文艺反修、文学翻译、译文编辑……到中宣部以至我们中国作协的头头脑脑根根底底知道得不少，我要把它写出来，可是遇到强大的阻力。”

“现在了，还有什么阻力？”

他微微一笑，缩了缩脖子，悄声耳语道：“老伴反对呀！哈哈哈……”

陈冰夷1953年奉调到全国文协即中国作家协会的前身，在他的建议下创刊《译文》，译介精品，继承鲁迅创办《译文》的战斗传统。1959年，特殊的年代，《译文》更名《世界文学》。

当时，《文艺报》和《世界文学》一个团支部，他关心团的工作，我借机向他打探反修出版“黄皮书”的情况。作协内部能够读到“供批判用”的“苏修小说”，模模糊糊地，好像那也是一种“真实”。陈冰夷很容易让人接近，我向他请教。1964年毛泽东主席点名批评文联各协是“裴多菲俱乐部”，《世界文学》停刊，人员归属中国社会科学院外文所，陈老任所长。

1982年，编辑三大卷的《中外著名中篇小说选》，由我撰写序言。我首先为“中篇小说”如何界定犯愁。什么是中篇小说？中篇小说兴于何时？我立刻想到作协的老领导、苏俄文学翻译家陈冰夷，登门求教。陈老见我，说不尽的前尘往事，好强的记忆力啊！1954年和1959年，苏联召开全苏第二次作家代表大会和第三次作家代表大会，邀请周扬率中国作家代表团出席，那时苏联的文学界对许多问题争论不休，他们涉及的具体作品，我们却非常陌生，中宣部受周扬之命布置下来，让陈老提供情况，翻译作品，为反修提供资料，他心里明白，一场两党意识形态的斗争即将爆发，“黄皮书”就是那时候内部印行的。又谈起他被批斗、清扫垃圾的情况，滑稽可笑，他的思想怎么也转不过弯儿。

我说，外国所谓的中篇小说，概念也不稳定，说法很不相同，茨威格一生主攻中篇，世界驰名；莫泊桑一生工于短篇，驰名世界，可是，《羊脂球》实际上是个中篇，3万多字，写了10多个人物。在俄国，情况又不同，别林斯基说：“中篇小说就是长篇小说，不过规模小一些罢了。”他把《上尉的女儿》《旧式地主》等都列入中篇，好像中篇又接近短篇似的。冰夷同志，求求你，我被弄糊涂了。

陈老点头笑笑，慢条斯理地说：“在欧美，都称长篇小说为‘roman’，而称其他小说为‘novella’或‘novel’。中篇、短篇在西欧和美国不加区分，那里没有‘中篇小说’这一特殊用语。把中篇、短篇加以区别的只有俄罗斯一个国家。我国现代中篇小说的名称来自国外，很可能来自俄罗斯。俄文里的中篇小说是‘nobectp’，原为‘纪事’之意。19世纪初，普希金以至于果戈理所写的‘nobecb’，多数实为短篇小说，大约从19世纪后期起，才把短篇小说以‘paceKa3’为名分列出来，而以‘nobectp’专门命名中篇小说。然而，这二者的界限也不明确，难怪即使在当时俄国，中乎？短乎？其说不一。”

相机前的人群很拥挤，人声喧哗，我和陈老说不完的话。又一番拥挤，大家好亲热又好累啊！陈老站立良久，我扶他在站台上坐下来，这样安全些。站台上几番波动，陈老安然无恙，因为他受到左右两侧照顾性的夹击，幸免于坠落之忧，其实，掉下去也没关系，高架之下有足够的卫士安全待命。正下方，是指名入座的前排人士，双双握手言欢，阵阵笑声盈耳。见一身唐装、兴致勃勃的张贤亮正和微微含笑的铁凝他们依次寒暄着，又是朗朗笑声。

首长们出场了，大家顿时兴奋起来，热烈鼓掌，但有纪律约束，谁也不准挤上去握手乱了会场。首长坐定之后，免于埋没在人海之中，众人等赶快找个空隙让自己的头部亮相。突然，灯火白昼般的通明，相机对准2400多密密麻麻的代表转着圈儿扫描，分3次揿快门，最后技术合成，次日发到每个代表的手里。照相完毕，安全疏散又是一场有序的混乱，熙熙攘攘，谢天谢地，平安无事。

晚年陈冰夷视力欠佳，听力下降，但生活态度积极，坚持每天读报看电视，文化趋势、文艺动态、世界大事、时代潮流无所不知。还喜欢看体育比赛，特别是足球，赛前必服药，怕一时激动心脏出事。依然是难忘已往，握笔艰难而思绪潮涌，写写停停，停停写写，家人"不批准"，他像小孩一样偷偷去做。老伴说："他特别盼望2008年8月到来，看奥运，一饱眼福。他有一颗年轻的心。"不幸，这位可爱的老人没有再等上半年，2008年2月2日，肺部感染逝世，享年93岁。到了2006年第八次文代会开幕的时候，免去两千之众夹挤合影这一传统的程序，有作家表示遗憾，但一般作家特别是有把年纪的作家特别赞同，因为第七次文代会那次体力繁重的合影太累人了。

陈老知否？我很想把这一消息通报给您的在天之灵。

高矮·喜悲·美丑

——重读《高女人和她的矮丈夫》

冯骥才是位风格作家，专注于人生苦乐，却以妙语巧构取胜，而且不拘一格，大多清新隽永，被文坛列为上品。《高女人和她的矮丈夫》，人称其为1982年短篇小说的一件“绝活”。

多么荒诞的故事，多么恶劣的环境，多么险恶的人生，多么悲惨的世界，多么丑陋的夫妻，多么奇特的爱情，多么美丽的人性，多么鲜明的个性！然而，多么轻松，多么调侃，多么滑稽，多么冷峻，多么挖苦，多么平实！

你不能不承认那是个撕裂一切美的、至恐至怖的、恶丑的年代，你不能不承认高女人和她的矮丈夫是“没有谐调、只有对比”的、形影不离像穿一条裤子合二而一的、百般美满万般不幸的一对；你不能不承认这一对主人公个性突出、性格鲜明、感人至深。

然而，读者可曾发现，这对可怜人儿通篇不说一句话，只有动作，从不开口（在我读过的评论中没有人指出这一点，这是个亮点）。人物不开口说话，人物却被生动地刻画出来，新时期小说创作中绝无仅有，堪称一“绝”。

秘密在于善用对比，而且是强烈的对比。

女人和丈夫的对比；小两口同“街道积极分子”的对比；不开口只动作的和既摆弄口舌、又指指戳戳的小动作的对比；不开口、只摇头、不摇头也不点头，和口号震天响、撬地板、抓人押人的对比；高和矮的对比；丑和美的对比；恶和善的对比；悲和喜的对比；时间差的对比；前后打伞的对比。

一个高，一个矮；一个硬挺挺的搓板，一个溜圆而有弹性的小肉球；一个是细长的空酒瓶，一个是矮墩墩的猪肉罐头；高的一个平时打伞，矮的挨斗站在肥皂箱子上；七斗八斗，一个更高，一个更矮；打伞的早死，不打伞的打伞，伞下少了个女人，怀里多了个婴儿。

记得左拉有一个短篇，似乎是《陪衬人》，写千金小姐必有女仆相伴随。女仆必选丑陋无比者。唯其丑，更衬托出女主人的美。有钱人花钱买丑，目的为了出美。

电影《红高粱》一美一丑，闹出“我爷爷”“我奶奶”当年一幕热闹戏。

今年七八月合刊的《人民文学》上，贾平凹的中篇《美穴地》，女人何其美，男人何其丑，酿成如此惊心动魄的传奇故事。

但在《高女人和她的矮丈夫》里，女人男人都是丑的，艺术难度更大。

裁缝的老婆和那高矮一对从不开口的怪夫妻恰恰相反，是个爱说长道短的“长舌妇”。她一开始就怀疑错了，以为矮丈夫有钱才赢得这门不雅观的亲事。为什么工资高有钱？因为搞科技情报；为什么搞科技情报？打算出逃。凭借这贫困的逻辑，她顺应了时代潮流，荣任“街道积极分子”，直到“街道代表”“保安主任”，把一对里通外国的丑夫妻斗得死去活来，好在自己的厚脸皮上画出最新最美的图画。后来，高女人死了，矮丈夫落实了政策，又有钱了。可爱的这位主任，很会把握时间差：“文革”已经显露颓势，她仍以革命者的姿态从事革命活动，想以亲侄女为她手中的猎物续弦。

以令人作呕的本质丑衬托令人肝肠寸断的形体丑，对比强烈，更显其丑，更显其美。

于此，作者投掷的是狠心的一笔。

恩格斯在致拉萨尔的信中希望艺术家“把各个人物用更加对立的方式彼此区别得更加鲜明些”。按我的理解，讲的就是艺术对比之法。

最精彩的是作品最后有关今昔荣辱、前后时间差的对比，照录于左，奇文共赏。

几年过去，至今矮男人还单身寡居，只在周日，从外边把孩子接回来，与他为伴。大楼里的人们看着他矮墩墩而孤寡的身影，想到他十多年来一桩桩事，渐渐好像悟到他坚持这种独身生活的缘故……逢到下雨天气，矮男人打伞去上班时，可能由于习惯，仍旧半举伞。这时，人们有种奇妙的感觉，觉得那伞下好像有长长一大块空间，空空的，世界上任什么东西也填补不上。

相对比的结果，美变为丑，丑变为美；善变为恶，恶变为善；悲剧变成喜剧，喜剧变为悲剧；可笑复可怜，可怜复可歌可泣。一阵阵心酸，又令人啼笑皆非。

不能说《高女人和她的矮丈夫》就是喜剧，但是它的喜剧构成是十分明显的。乐极生悲，悲极也往往生乐。现在人们谈论罪恶的、痛不欲生的“文化大革命”，不似当年那样悲痛，反而带有讽刺、嘲笑和幽默，我以为，这是精神的进一步解放，是更高层次的轻蔑。君不见拨乱反正的不少“文革”题材创作，痛定思痛，以喜写悲，反获艺术奇效，如河南农民作家乔典运的《村魂》然。而悟道最早、开风气之先者，当数冯骥才。他的《啊！》集忧愤深广与滑稽可笑于一炉，曾给我留下极为深刻的印象。冯骥才太敏感、太聪明了！

除冯骥才外，开风气之先者尚有王蒙、张洁、谌容等。

世界真奇妙，一比吓一跳。

巧比才是艺术美。

1990 年 9 月 21 日

为《中国现代短篇小说欣赏辞典》而作

那年洛阳看牡丹

花事正好，看牡丹去！

1995年4月，第13届洛阳牡丹花会开幕，三下洛阳何妨。

“洛阳红”遍布会场以外的通衢大道，牡丹园里绚丽至极。会场上灿烂炫目，牡丹铺天盖地，心花也怒放起来。

登台就座之时，看台的右后方人群蜂拥而至，人声嘈杂，气氛顿时紧张。定睛一看，原来是警察护送一位贵宾慌忙走来，仔细打量，是位电影明星。明星很熟练地配合着警察，脸上不无惊恐之色。明星来此推销化妆品，竭诚为当地的女士们服务，要把她们个个变成鲜艳的“牡丹”。看花的人包括老头老太太在内，丢开牡丹不顾，呼啦一下子围上去看明星，而且穷追不舍。人潮越滚越大，战线越拉越长。当地政府理应将明星婆尊为上宾严加保护，大伙儿没说的，请都请不来呢！责任重大的警察一边一个架着、一前一后护着，为明星观光洛阳城花花世界包括强大的竞争对手牡丹仙子和如痴如醉的追星族在内艰难地开路，其势如龙腾虎跃，其险如大军压境。明星似乎存心冷落牡丹，也就更加难为了警察兄弟。明星在洛阳期间难免要看花；洛阳男女，难免要看明星；警察难免要做护花神，不论是来文的还是来武的，他都不能出乱子。明星登上观礼台后，会场归于平静，看台上忙坏了电台、电视台手执话筒的记者和帽檐歪戴的摄像师。我敢说，被簇拥的盛况远远超过今天莅临大会的上级领导。

台上台下的花，都不是我要看的，转身突围，呼朋唤友，离会场而去，寻访心中的真颜色。

洛水之畔的牡丹，姹紫嫣红，婀娜多姿，群芳之冠，百花之王，“唯有牡丹真国色，花开时节动京城”“国色朝酣酒，天香夜染衣”。既然来了，就得尽兴。

七拐八拐，到了王城公园。

王城者，周王之城；王城公园者，洛阳牡丹之最。这一去不要紧，弄得我半天不舒服。洛阳城里，人头攒动，小轿车密密麻麻。我陷入人海。我以加里森敢死队的冒险精神，在随时可能发生踩踏的拥挤中有气无力地向前钻探和掘进。六块钱一张票，不贵，也不贱，到这份儿上谁在乎钱？洛阳花事复如何，就在今日一饱睹。姚黄魏紫赵粉黑诸君，别来无恙？可是，万万没有料到，我又陷入另一个城祸出不来，汗水浸透衣衫挡住视线。石玉塑就“牡丹仙子”看见了，照相摊儿上的牡丹幌子看见了，无数人的后脑勺看见了，而且看得最为真切，连后脑勺长出几根白发也数得清，可是牡丹花娇滴滴，粉面含羞，时隐时现，欲近又远，即拾即逍，急得我像没头的苍蝇到处乱钻，恨不能削尖自己的脑袋。算了，和人家老汉娃娃，年轻媳妇死挤个什么劲儿？何况你瘦骨嶙峋，还不叫人家五大三粗的棒小伙子挤个半死！不论在这边拼死拼活，还是在那边挤挤插插，总觉得到此寻看真花的老婆子女性，比起在警察的申斥下挣断脖子看明星的中年人和老头子要显得高雅。让她们优先吧。退一步说，即便你凑到跟前，一识牡丹真面，她冲着你的瞬间，人群乱哄哄东摇西摆，你的心还是静不下来。心里毛糙，兴味大减。可怜的牡丹，被武则天贬到洛阳，一晃就是一千三百多年。今之洛阳，牡丹花香；改革开放，雍容华贵；竞选国花，身价百倍，牡丹花可算遇到好时候，大翻身，大解放，大走运，红得发紫。牡丹虽好，未可免俗，浓妆艳抹，脂香粉腻，铅华凝重；富态可掬，神气十足，一点不含蓄；绚烂之极，露出了妖冶，今之牡丹，大不如前。

牡丹傲慢，不肯献媚，才被则天皇帝贬谪洛岸，不意洛人为她恢复名誉，她反倒变得媚俗，越来越摆谱，闹得警察不得安生。好，不看也罢，俺不凑这份热闹。俺想起刚才追星族追逐明星的狂热情景，久久挥之不去，便命令俺的双腿直朝王城公园大门口走去，再也没有回头。

穿人海，过人墙，我被朋友带进洛城有名的“潞泽会馆”，那里正在举办“洛阳市第二届民俗文化庙会”，进得庙门，喜庆滋腻，那氛围，那气质，太对我这个老陕的路子了。先看斗鸡。两只鸡的脖子已经血里糊拉，有气无力，却依旧的勇敢和残酷，像重量级拳击已经坚持到第十二个回合那样。谁胜谁负？两只鸡，哪个我也不愿意被击败，但是，我还是聚精会神地准备祝贺优胜者。英雄俩的脖子血红血红的，反抗与拼搏并不停歇，鸡丈夫雄赳赳喘吁吁困兽犹斗。我很理解他们。看，那只鸡开始反攻！听，乱哄哄的，人群蜂拥而来——又是好几个警察护着那位明星婆，洛阳亲友们顽强地跟着、挤着、撞着、簇拥着，不加克制地喊叫着。我连忙避开人流，已经避让不及。警察不算粗暴地把我推到一边，明星神情木然。警察保护她出来，警察把她“带”走，恕我冒昧，那场面真像是“抓”到什么可疑者被强行“带”走似的。奇怪，怎么又遇上了？我感到一种不可名状的威逼。

在尾随者的心目中，她是个做大生意的明星，在我心目中，她是个偷逃税款的富婆。你们紧追不舍，我躲还躲不及呢。

一桩在年轻人看来最平常不过的事，在我看来却是一种俗不可耐的表演，虽不比列夫·托尔斯泰再也不去看犯人怎样在盐水泡过的麻绳上被绞死的不安，也不像鲁迅到死忘不了中国人被示众时看客的麻木，然而，我被刺痛以致在现代人眼里成了不折不扣的神经病：既不留恋古董，又不理解“革命”，唯恐事情过了头，看不惯，一边站。

神不知鬼不晓地，我在一座中原保存最为完好的古戏楼上坐定。阵阵滚雷将我卷入震撼山岳的雄大之中。“河洛一绝”的大型表演，金鸣鼓舞，气壮山河，如炸雷，如决堤，排山倒海，天崩地裂，当此时也，谁还坐得住呀，我还是呆呆地坐着。接下来，狮子舞，群狮戏耍，双狮戏绣球，春秋刀三落头，大舌叉，拆八桥，云里磨，倒挂金钟，四狮称雄上老杆，长矛刺狮喉，梢节棍怒打雄狮，马刀劈狮翻筋斗，龙腾虎跃，天翻地覆，全身无处不动，眼睛嘴巴传神，一把椅子极尽惊险之能事，怎一个“中”字了得！我旁边的河南籍作家李准流泪了，他语意伤感地告诉我说：“这才是中原文化。眼泪，忍不住啊！”接着又说：“我的创作，学的就是这个！”

不一会儿，曲剧《石憨认父》开演，曲调柔中有刚，始知幼年在陕西听曲剧以为它远比梆子婉转柔弱之大谬不然。曲剧和不失婉转的豫剧一样，都是刚中有柔、柔中有刚的河南性格。小两口极尽内宅殷勤抚慰，道尽家常幽默风趣。女婿虽憨，憨得可爱。媳妇催他看灯，他已经走到门口，忽然又不去了，说：“我离不开老婆你呀！”还是去了，结果，把一个快要冻饿而死的孤老头子背回家。他执意要认老头为父，妻子不肯。憨子说：“他老人家怪可怜的，儿子不孝，没人管，他还不是等死！”妻子没有坚持，笑了，直骂憨子太憨。憨子不说话，叹息一声道：“唉，咱家要啥有啥，啥都有，就是没有一个爹！”听到此处，我心里猛一抽搐。戏毕，李准紧拉演员的双手，说："胜过电影！"又回过头来向我："多年没看戏了……胜过电影！"

本意来洛阳看牡丹，看牡丹的人却冷落牡丹喜欢看明星；明星为了自我推销和推销产品，不料同当地的牡丹较上劲，造作之态略胜于仙子。年年岁岁花自开，岁岁年年花不同，今年赏花会上，牡丹是明星，明星是牡丹，都是艳丽和华贵。看花人各有所好，他们要看自己心中的牡丹，我辈不才，无此"艳"福，没有看花，无心看花，却被一阵鼙鼓所捶击，所惊醒，所激活，"失之东隅，收之桑榆"，心理上达到平衡，收获还是大的。

萝卜青菜，各有所爱，行行出状元，个个争奇斗艳，不要看不惯。当主人们让我笔墨留念时，我也学皮日休的《牡丹》："落尽残红始吐芳，佳名唤作百花王。竞夸天下无双艳，独立人间第一香。"好话多说。"新生集团"同文化联姻，我题他们是"脱俗牡丹"。访问"洛玻集团"，他们发明的"浮法玻璃"大开财源，我称颂其为"透明牡丹"，从此，"洛阳镜贵"。我将女子书画院院长艾娴戏命名"艾牡丹"，希望她画的牡丹"艳而不俗，美而不媚，娇而不矫"。我仍然吹捧牡丹，牡丹名气大，惹不起，托花王以取譬。但是，我所喜爱的，还是我自己心中的牡丹，尽管我无心看世俗的牡丹，觉得她多娇少骨。许是我骨瘦如柴，骨头太多，武大郎开店，缺少大度和包容。

上了火车，爬上上铺，萦绕耳边的还是憨子的话："唉，咱家要啥有啥，啥都有，就是没有一个爹！"紧接着，五雷轰顶，石破天惊，震耳欲聋的鼓浪滚滚而来。

孙犁说："我所谓的政治是指图解政治，投政治之机，是加引号的！"

1979年9月24日我写信给孙犁说，我这次胃切除住院前后，读了一批中篇小说。近来中篇小说开始活跃，原因可能有五：一、三中全会思想解放运动的推动；二、短篇小说和话剧创作的带动；三、大型刊物纷纷创刊提供阵地；四、这种形式比长篇省力，又较短篇有容量，能及时地讲述较为曲折的故事和塑造典型人物；五、读者欢迎，因为它不像读长篇那样费事，又比读短篇"解馋"。我以为，不论从锻炼作者或供应读者各方面考虑，中篇小说的创作，需要鼓励和提倡。我想呼吁一下。为此，我精读了《阿Q正传》和《铁木前传》。

读《铁木前传》一点不费气力，因为它那样诚挚、多情、富有奇异的表现力。我进入一个生活境界，远离"政治"却不知不觉透出爱憎的境界。然而，它绝非"轻音乐"，而是风云时代人情世故的生动写真，如音乐之悦耳，却非一味的轻松。当作者的政治与艺术高度融合之后，人们看到的既不是政治，也不是艺术，而是生活，生活的美。

你在处理叙述和描写，高大与平凡，政治和生活，正写与侧写，烂漫与朴素，人物与事件，表扬与批评，爱与憎，恨敌人与恨铁不成钢，人的完整与复杂，理智与感情，生活的直录与诗意的开掘，高调与强音，动辄说教与平等待人诸方面，形成了自己特有的艺术风格，在历经动乱的文坛上，显得分外动人。

过不几天，接到孙犁的回信。

阎纲同志：这几年我谈了自己不少作品，但就是没有谈《铁木前传》，这本书对我来说，似乎是不祥之物。

我下乡的村庄，有个庙宇，香火很旺，现在这个村庄不只没有了庙会，寺院也拆除了，尼姑们早已相继还俗，其中最年轻最漂亮的一个，成了村支部书记的媳妇。在这个村庄，我住了半年之久，写了九篇散文，其中有两篇和《铁木前传》有关，但是我应该声明，小说里所写的，绝不是真人真事。

我的写作习惯，写作之前，常常是只有一个朦胧的念头。这个念头，可能是人物，也可能是故事，有时也可能是思想。写短篇是如此，写长篇也是如此。事先是没有什么计划和安排的。

《铁木前传》写作的起因，也是由于一种思想。这种思想，是我进城以后产生的，过去是从来没有的。这就是：进城以后，人和人的关系，因为地位或因为别的，发生了在艰难环境中意想不到的变化。我很为这种变化所苦恼。

因为这种思想，使我想到了朋友；因为朋友，使我想到了木匠和铁匠；因为二匠，使我回忆了童年，这就是《铁木前传》的开始需要申述的是，所谓朦胧的念头，就是创作的萌芽状态，它必须一步步成长、成熟。也像黎明，它必然逐渐走到天亮。

一种思想，特别是经过亲身体验，有内心感受的思想，可以引起创作的冲动。但是必须有丰富的现实生活，作为它的血肉。为了表达这个思想，我选择了最熟悉的生活，选择了最了解的人物，并赋予全部感情。如此，在故事发展中，它具备了真实的场景和真诚的激情。

我国文学艺术的现实主义传统，是非常丰富，非常值得学习、值得珍贵的。这个传统的特点之一，就是真诚，就是文格与人格的统一和相互提高。

我们目前应该特别强调真正的现实主义，至于技法云云，是其次的。批评家们应该着重分析作品的现实意义及其力量，教给初学写作者为文之法的同时，教给他们为文之道。

投机取巧，虚伪造作，是现实主义之大敌。不幸的是，这样的作品，常常能以哗众取宠之卑态，轰动一时。但文学艺术的规律无情，其结果，当然昙花一现。

1979 年 12 月 27 日，收到韩映山的来信。说："你对《铁木前传》的赞扬，说出我心里的话，如'远离政治却不得不透出爱憎的境界'。素常，当我问及孙犁同志，为什么当前有些作品，只能轰动一时，过后不久，就烟消火灭了？他笑了笑说：'我多年的经验就是，写东西离"政治"要远点。'看了你的信，使我加深了理解。现在，文坛上产生的一些作品，使人看到的不是生活，而是'政治'，更谈不上生活的美。"

我和孙犁、韩映山通信中提出的文艺创作要"远离'政治'"的问题，招来一些责难，所以，我在 1980 年 1 月 8 日回复韩映山的关于如何欣赏《铁木前传》的信中，有意就这一问题做了必要的论述。回信的大意：以往多年，认为"文艺为政治服务"是毋庸冒犯的天条，细究起来，又鉴于大量失败的教训，这个口号容易导致创作的公式化、概念化，也易于为江青之流的政治野心家所利用。要说文艺为主流政治服务的话，那么，群众如何理解你的政治呢？要是你的政治出问题了呢？

文艺服务的对象是人民大众，面对的是人类历史和整个社会，其中包括政治。文艺迷信历史性的反叛，就是指令文艺盲目地臣服于他们的政治！

正由于此，孙犁不得不郑重声明：“我所谓的政治是指图解政治，投政治之机，是加引号的！”

关于小说《人生》与路遥的通信

路遥同志：

短简收悉，我为你高兴。

你带来了好消息，你的消息唤起我种种想法。近期以来，很少有小说像《人生》这样扣人心弦，启人心智。你很年轻，没想到你对于现今复杂的人生观察得如此深刻。在创作道路上，你也很年轻，没想到纵身一跃，把获奖的中篇《惊心动魄的一幕》远远抛到后边。

有同志说这是一部爱情小说，从严格的意义上讲，我认为不是，或不全是。有同志说这是一部揭露生活阴暗面的小说，从作品立意之高来看，我认为不是，或不完全是。有同志说作品主人公高加林是农村社会主义新人，有同志说他是典型的个人奋斗者。有同志说高加林见新忘旧、喜新厌旧，有同志说他追求真正婚姻的自由，为事业寻找文化相当的合法配偶。按我的经验，作家笔下的性格复杂到评论者聚讼纷纭，往往证明这一性格真确而不矫情。

高加林既像保尔·柯察金，又像于连·索黑尔，是具有自觉和盲动、英雄和懦夫、强者和弱者的两重性的人物形象。从《人生》总体结构的揣测观察，看得出来，你把新人的人生追求放置在相当艰苦的磨炼之中。

人生之路崎岖难行，高加林在事业上的三部曲，造成了他同巧珍爱情关系上的三部曲，也造成了同亚萍关系上的三部曲，以及同父老村民们关系的三部曲，从而在一个生活难题面前引出现实关系深刻的表述。

你把一个有抱负又有毛病的年轻人投进不正之风的泥潭不能自拔，奋斗又奋斗，碰壁又碰壁，挣扎又挣扎，最后，觉醒又觉醒，终于，在人生观的高度上领略人生的真谛，让读者和作家一起共同创造自己的典型形象。

爱情的描写异常动人。你发现了一个多么可爱的女子啊！巧珍虽土而不俗，不知书却达理，自卑而不自贱。她爱高加林，如痴般地爱着，但绝不向爱乞求，自始至终没有失掉自己的尊严。她可以为他而死，但必须以对方的爱情作为前提。她恨高加林，但更多的是怨而不怒。她不像有些农村姑娘失恋之后，或者忍气吞声，甘愿在命运面前认输；或者死去活来，一哭二闹三上吊。她反而从失恋中痛感到文化知识对于普通农妇的重要，反而以已嫁之身暗中扶助高加林而毫无报复的企图。巧珍的可爱，足以使读者的精神为之升华。较之电影《边城》中的那位翠翠，和《牧马人》中的那位秀芝，巧珍毫不逊色。

巧珍和加林，都是你的发现，你的创造。

当华而不实、花里胡哨、咋咋呼呼的伪文学、“隐私文学”、“性爱文学”冒尖儿的时候，一个年轻的、不大为人们注意的作家闷了整整三年，几次动笔，几次作罢，终于在 1982 年上半年默默无闻地献出了一部十二三万字的精心之作，读者赞不绝口。

我刚自外地回来，迟复为歉。武汉太热，涿县凉爽，保定中暑，北京时热时好，西安如何？

握你手！

阎纲

1982 年 8 月 17 日，北京

阎纲同志：

收你八月十七日信时，我正在搬家，里外一片混乱。读罢你的信，我很激动，这主要是由于你对《人生》的敏锐的理解所引起的。

你的信重新唤起我对这部作品中那些“老熟人”的深沉的回忆。

我国当代社会如同北京新建的立体交叉桥，层层叠叠，复杂万端。而在农村和城市的“交叉地带”，这立体交叉桥上的立体交叉桥，使城市与农村之间相互交往日渐广泛，大量初、高中毕业生插队和返乡加入农民行列，文明与落后，现代思想意识和传统道德观念的冲突等等，构成了当代生活的一个极其重要的方面。许多人生的悲剧正是在这一地带演出的。

你知道，我是一个农民的儿子，一直是在农村长大的，相比而言，我最熟悉的却是农村和城市的“交叉地带”，因为我曾长时间生活在这个天地里。熟悉身上既带着“农村味”又带着“城市味”的人。因此，选择《人生》这样的题材对我来说是很自然的。问题是如何表现，这很苦恼。

在中国，心平气和地在这种“夹缝”中追求自己的道路，需要一种强大的精神力量和对事业的虔诚的态度。对作家来说，有生活，这还不够，必须深刻地理解生活，只有这样，才可能在大量多重的、交错复杂的人物关系中伸缩自如，然后才可能进行艺术概括，甚至于制造出赤裸裸的新闻性质的所谓作品来。即使最及时地反映了当前的政治和政策，也只能是像马克思在责备拉萨尔的悲剧时所说的："席勒式地把个人变成时代精神的单纯的传声筒。"

自我们认识以来，你对我的创作一直寄于热忱的关怀。我不仅希望你对我鼓励，同时也希望你对我批评——后一方面比前一方面更重要！

西安今年出奇地凉爽，几乎过了一个"冷夏"。最近有机会回家乡看一看吗？

致

敬意！

路遥

1982 年 8 月 21 日，西安

我不怕死，但是想活着

——住院记

在北港医院

突然心动过速，疑是房颤，查了查百度，一是劳累过度；二是睡眠不足，弄不好会要命的。

好在还不糊涂，没有丧失记忆，但是入夜以后，常常做梦，做美梦也做噩梦；梦恶人也梦好人。妈妈追着阎荷跑，阎荷一溜烟扎到我的怀里，紧抱不放。我疼女儿，也把她抱着，妈妈斥责我说："都是你惯的，快起来，丝丝叫你吃比萨呢！"

我笑醒了，咪咪好像还躺在我的病床上，我下意识地又狠狠地搂抱她。又一晚，二位着黑装的男子破门而入，请我喝茶，就在文萃轩。我被捆上了，大声呼喊，手脚并用。醒来后，被子踹在床底下了。人老了梦多，思绪万端。

我失眠了，下地走到窗前，路灯明亮如昼，三三两两的店铺亮灯了，出租车东西交错，一辆急救车疾驰停放在医院的大门口，朝霞映红了碧空，礼泉苏醒了，我还活着，悲欣交集。

洒水车拖洒着蒙蒙的细雨，悠悠然，空气湿润了。

我不爱过生日，生日是母亲的受难日，礼泉正流行霍乱，母亲用苦的井水稀释她的乳汁把我养活，母亲死于忧患，阴阳相隔，叫着我的小名“运生”闭上眼睛。我不愿在祝愿“生日快乐”的欢快声中度过生日。

也有过两次意外。在伊犁维族朋友葡萄园里，主人听说今天正好是我的生日，立马上菜，羊肉烤馕，葡萄美酒夜光杯，旅人胜酒酒易醉。又一次在甘肃刘家峡，各路朋友敲定创办《评论选刊》，适逢我的生日，笑语欢声，一地瓜皮。

后来，再也没有过过生日。王海、马宏茂一行来颐养中心看我，饭后到文萃轩喝茶，高朋满座，谈及给我过生日。俗语“过九不过十”，你今年写了那么多字，一水儿落款“九十翁”，明年是正日子，仁者寿，家乡人诚心给您过，您端什么架子？

我仍不允，做人要低调，狗狂挨砖头。众人云：寿以高为荣，你不叫乡党沾点您的福气？我仍拱手推托。最后，王海和宏茂商量，一拍手：有了！您当初在天津《益世报》、西安《民言晚报》和《陕西文艺》发表作品，文艺创作迄今 76 年了，什么福没有享过，什么苦没有吃过，什么罪没有受过，您的作品如水、如火、如莲，不经意而走进了多少人的心灵！咱们就以陕西省作家协会主办、礼泉县文联协办的名义，召开“2022 年阎纲文艺创作 76 周年作品研讨会”。众大悦，以茶代酒，痛饮一番。

76 年风风雨雨，不知文艺为何物，一时糊涂一时明白，好像又明白了什么。积 76 年的写作经验，简单说来：

一、不触及灵魂不动笔；

二、没有深的或新的感受不动笔；

三、没有人物的社会矛盾和内心冲突不动笔；

四、没有独特的故事情节不动笔；

五、没有传神的情节和细节不动笔；

六、去陈言、去辞废，入耳入脑。你要存心折磨人，你就把话说尽。

语言是文学的载体，也是文学的内涵。我追求的语言风格是：

写评论——鲜明·雄辩·有风趣。

写散文——纯情·传神·带体温。

生命在于运动，学会在于活动。在县委、县政府的领导下，县政协文史馆、县文联各协、中国散文协会礼泉创作基地、文化单位、教育单位以及《嵕山》《礼泉文化交流》等刊物，应经常举办文化论坛、文艺创作研讨会和创作交流茶会等活动。

贾平凹写过《辞宴书》，李高田写过《代阎纲辞客书》，庆生弟以孙犁为诫，劝我 80“杖朝之年”封笔静养，好事做不完，量力而为，不要忘记，你已经是 90 岁的老人了，“老成精了”，悠着点，该封笔了。

善哉，斯焉！

然而，我向父老乡亲做过保证，老汉只要有一口气，就要报恩乡梓，终老于九嵕山下。

我要在编委会的帮助下，编辑、点评、出版 200 多位作者的《礼泉作家记盛》一书。

我不怕死，我已经死过几回了，但是，还想活着，做人事，说人话。鲐背之年，出版《我还活着》感念先贤，但，难啊！

2021 年 11 月 23 日于病床之侧

在唐都医院

11 月 29 日凌晨，突然尿血不止，这下慌了……主治医生孙晔急电阎力，儿子阎力向空军军医大学唐都医院泌尿科王禾主任求救。

中雨。气温骤降。

我们冒雨向西安进发。途中再与王禾主任联系，王主任立即通知护士长安排床位。

天不亮到达西安，大雨。做核酸检测，排队长如盘龙。我说："阎力，爸冻着了。"

阎力再次求救王主任和护士长，怪了，天开云散、阳光灿烂。

王主任和蔼可亲，句句带笑，圆圆的脸定格就是个弥勒佛，太像了。

住院期间，最让我感动的就是王禾主任，术后即来病房看我，说给一个九十岁的人做手术，恢复得很好，好好活着，活过一百岁。

王主任和蔼可亲，圆圆的脸，满脸堆笑，句句带笑，定格就是笑口常开的弥勒佛。

阎力问："王主任，您有没有发愁的时候？"王主任以笑作答，众人大笑不止。

王禾，中华医学会泌尿外科分会全国委员，全军泌尿外科专业委员会常委，他的团队在异体肾移植、前列腺微创治疗等方面处于国内领先地位。

王主任不摆架子不发愁，面对我畅谈生死。我插话：是啊，哈姆雷特说："生或毁灭，这是个必答之问题。"他问道：人从哪里来，又到哪里去？进而提升到哲学的高度，劝大家不要把死看得比生重要。人离不开灵与肉，人死了，肉离身，灵留下，随风飘荡，正像人不在了，作品一直活着。

精彩！

要说王禾主任像弥勒佛，王娟英护士长就像仙女了。热情洋溢，满身带笑，说她打小喜欢表演，听说儿子阎力是电影制片人，求我："阎老给我走个后门上电影，圆一个演员梦。"我说："儿子听老子的，没嘛达！"

大家笑声不止。一个术后病人，山花烂漫时，他在丛中笑。

12 月 13 日出院时，碧空万里，一扫入院时大雨阴霾，恰似神助一般。

外面的世界真精彩！

2021 年 12 月 14 日定稿于礼泉

我爱林黛玉

素言先生涉笔《红楼梦》的大著《别猜了，就是一本小说》教我题写感言。要就全书，我难以置评，但是对他笔下的林黛玉颇感兴趣。

毛泽东说："《红楼梦》是一部形象的阶级斗争史，要读五遍。青年人不读点《红楼梦》，怎么知道什么叫封建社会。"

但践行于脚下的泥土时，并不理想，贫富差距拉大，始知实践，只有实践才是检验真理的唯一标准。

吴宓说："黛玉直道而行，不屈不枉，终归失败。"

俞平伯认定《红楼梦》是自传，书中人物、事情切切实实而非虚构。

何其芳论《红楼梦》，写道："林黛玉无法表达自己的爱情，只有同悲伤和眼泪陪伴。她性格上的最强烈的色彩是悲哀和愁苦。遇到一个'知己'却是无望的爱情。尽管不幸已经快要压倒了她，她仍然并没有屈服，她比较贾宝玉更具有强烈的时代和阶级的色彩。"

陈晓旭说："对我影响最大的三个人是：曹雪芹、庄子、释迦牟尼。

《红楼梦》是一部佛经，写出了人生的苦、空、无常。”

她独到地指出：“黛玉的一生是来‘酬愿’的，用她一生的眼泪偿还贾宝玉对她的灌溉之情，心愿已了后，带着解脱的心情回到天上。”

2007 年 2 月 23 日，陈晓旭在百国兴隆寺落发出家，法号妙真，举世震惊。她却发表声明：“出家不是消极避世，而是更积极的人生选择。”

您素言在本书中写道：“林黛玉灵气四溢咏絮才，只会作诗和流泪，洒脱而优雅，质本洁来还洁去。”

呜呼，以上高论，有多少读者就有多少个林黛玉！我只有多读细思，读出“酬愿”的寓意，便联想起宝玉挨打的一幕。宝玉挨打，该来的都来了，怎么不见黛玉？黛玉来了，眼睛哭肿了，像桃子一样大，这是从心底流出的爱，难怪宝玉最后出走，不然，对得起黛玉吗？

我爱黛玉，爱她对爱的执着，爱她敏感又感伤、刻薄又讥讽，爱她独立的人格、自由的思想，爱她对礼教的鄙夷不屑，趋向现代理性的爱。

我一遍一遍地读着《好了歌》，《好了歌》就是林黛玉的宿命。大千世界，由空变色，由色变空，四大皆空，落了片白茫茫大地真干净。

独立文坛的奇葩

——“高建群现象”（一）

天赋 + 阅历 + 刻苦，再加上宽松的社会条件，能够造就作家。

作家成名大抵在四五十岁之间。《最后一个匈奴》成名更早，29 岁写作《最后一个匈奴》初稿，真天才啊！

高建群说：“写作给我莫大的慰藉与鼓励，一写就是 50 多年，写作已经吞没了我的全部。”

《解放军文艺》发表《遥远的白房子》后，高建群留在新疆骑着他的黑走马四处奔走，完成“游牧者的简史”《我的黑走马》。马蹄落地，溅起火星，从戈壁滩掠过，从历史进程中掠过，从人类的编年史中掠过，25 万字！

高建群转业回到陕北，担任《延安文艺》记者，又像是“骑着他的黑走马”似的，四处奔走，走遍陕北的角角落落，写出让我今年（2023 年 10 月）读之热血沸腾的《陕北论》，洋洋洒洒，极富自我自得的浪漫主义色彩。他写道:“当我看着安塞腰鼓以不可一世的姿态踢踏黄土时，当我来到黄河延水关汹涌的渡口虔诚地为多灾多难的民族祈祷时，我想起我的一位艺术家朋友的话，他说，我们这个民族的发生之谜、生存之谜、存在之谜、发展之谜，也许就隐藏在这陕北高原的层层皱褶中。”“在非常时期，生存才是第一位的。她拿出她画的一幅画，世界只剩下兄妹二人了。她以一种超自然的力量对他们说:‘结婚吧，为了让世界上继续有人类！’”

《最后一个匈奴》的初稿诞生了。他将初稿交给朋友，何曾料到，朋友把书稿丢了，天大的灾难啊!

高建群丢了工作，掉了三颗牙，掉了13斤肉，差点导致一场“自杀危机”，路遥说:高建群“疯魔了！”他竭尽全身之力重写《最后一个匈奴》。

10年后，高原史诗《最后一个匈奴》出世了，年仅39岁!

何等的刚强，何等的胸襟，何等的智慧！又是何等的感人啊!

他说过:“文学是一种殉道，陕北高原是一个英雄史诗，美人吟唱的地方。”

《最后一个匈奴》具有相当高的文献价值，那就是注视着秦皇两千年前远去的背影，就是怀抱一团火，寻访一切人，三教九流、七行八作，走入陕北山乡每一位父老的心灵。

高建群说:“我对文字的要求是六个字:简洁、深刻、直接。雨果说，简洁是天才的姊妹。深刻是描写事物要刻画到骨子里去，不要似是而非，言不及义。再就是直接。孙犁说，一拿架子就先失败了一半。所以不能装。俚语村言，最能引起人的共鸣。”

自此之后，“写作吞没了我的全部”，一直延续到《最后一个匈奴》之后的第二个创作高峰，即“五个一工程”的长篇小说《大平原》和电视连续剧《大平原》。

高建群的作品又多又快又好，是继路遥、陈忠实和贾平凹之后陕西省的又一座高峰。“高建群现象”很值得从纵深方面进行研究，即鲁迅所说的实施“全人”“全文”、独具风格的研究。

支柱型作品《最后一个匈奴》

——“高建群现象”（二）

高建群说：“我对文字的要求是六个字：简洁、深刻、直接。深刻是描写事物要刻画到骨子里去，不要似是而非，言不及义。”

读文学作品就是读语言。语言不但是文学的形式，而且是文学的内涵。语言是高建群的利器，简洁、豪放、雄浑，从血管里喷射而出，直逼人心。

他硬气的时候，叱咤风云，那呼喊，霸气十足！那劲头，让我联想起刘成章《锻打》描绘白描的情景：

> 打铁时溅起的火花，向他的两臂、颈部和脸上直奔而去，他好像成了一块钢铁。他浑身大汗淋漓，忘情地抡着老锤，说：“我也是在锻打自己！”

他抒写人性和性时，借助信天游的大胆甚而放纵。

擦一根洋火点一根烟　这回走了得几天？

一碗凉水一张纸　谁卖良心谁先死！

写丹华的性解放和索菲亚的异国恋情却指向人性的复杂性与时代特性。

当她问清楚杨岸乡是单身之后，“她们热烈地抱在一起了”。她说她遇到过许多男人。“在拥抱的途中，丹华腾出一只手，挡住一辆出租。”她们只过了一夜！

不意天配良缘！索菲亚，一个匈牙利的姑娘，匈奴西迁的后裔，跨洋过海寻找祖宗的根基。她到陕北，拜访杨岸乡。两个人在赫连城的城垛上坐了很久，积蓄千多年跨越数万里的感情爆发了，幸福叫他们眩晕，两个人野合了！

“此次旅行将我变成世界主义者，亲爱的，不要把我当外人，权且把我当作一个穿着大襟袄大裆裤的陕北婆姨吧！”

高建群说过：“每当农耕文明为主体的中华文明难以为继的时候，游牧民族的踏踏马蹄便走过长城呼啸而来。”

高建群骑着他的黑走马四处奔走，完成“游牧者的简史”——《我的黑走马》。马蹄落地，溅起火星，从戈壁滩掠过，从历史进程中掠过，从人类的编年史中掠过。

陕北八月天，一个一个大馍馍一样的山头，被长在它身上的田禾涂上各种颜色。糜谷是黄灿灿的，高粱是红彤彤的，荞麦是绛紫色的，玉米亮开金黄色的肌肤，烤烟敞开青油油的胸脯。五色斑斓的秋色弥漫开来，错落有致地填满沟沟壑壑，散发出一股沉甸甸的甜蜜气味。原野上迟开的向日葵也是黄灿灿的，远远望去，十分醒目，像少女的黄裙子在灼灼燃烧。

这就是新开发的陕北，“是一个英雄史诗，美人吟唱的地方。”这就是《最后一个匈奴》。

《最后一个匈奴》的尾声：

> 索菲亚头顶红盖头，脚踏绣花鞋，顺着赫连城绕了三个大圈，最后走入洞房。

《统万城》：北方最大的游牧民族最后的一声绝唱

——“高建群现象”（三）

长篇小说《统万城》通过深入的研究和大胆的想象，描绘出“大夏国”开国君主赫连勃勃的传奇一生，以及匈奴民族怎样退出人类历史舞台的全过程，在历史长河中遗留下的唯一都城——“统万城”建造的全程。

《统万城》形神跃然，恢宏霸气，是高建群中国本土的文学经典，是高建群文学创作的高峰。

39岁时，高建群出版长篇小说《最后一个匈奴》，销量超过100万册。50多岁又写了传奇历史故事《统万城》，25万字。这座城、这个国的游牧文明，深深地冲击了我国北方的农耕文明。巍巍乎亮相于中国历史。

统万城是匈奴民族留在大地上的一声绝唱，也是世界史上最悲壮的史诗。

赫连勃勃在历史上被称为残暴之君，但在高建群笔下，一代枭雄赫连勃勃不光生性狡猾、凶狠、自大、野蛮，同时志向远大、坚韧不拔，向往汉民族文明，是匈奴的民族英雄。

高建群从小生活在陕北，在新疆又当了五年骑兵，骨子里也流淌着游牧民族的血。一座城与一个王的故事，是匈奴这个中国历史上最大的北方游牧民族留在中国大地上最后的一声绝唱。

东方的农耕文明和西方的基督教文明差点儿在这股汹涌的历史潮流面前被毁灭。

高建群说：我们应该比历史本身站得更高。赫连勃勃创建了一座辉煌的匈奴都城——五胡十六国之“大夏国”，我们有理由记住他。

“男人的事业在马背上，在酒杯里，在女人的卧榻前！”最后的匈奴王赫连勃勃，在整整一千六百年前的那个悲惨的早晨，在统万城即将被攻破之时，躺在草原上一个简陋的羊圈里，躺在美人鲜卑莫愁的臂腕上，说道，“让我最后一眼看看我的草原，看看我的城吧！”那一刻，正如《统万城》资深编辑韩霁虹所形容的：“这时，一只鹰隼，这草原上的君王，天空永恒的流浪者，正驾驭着气流，平展着双翅，在草原的上空平稳地翱翔着，不时发出几声长唳。它的两只翅膀巨大的阴影，从草原上缓慢地云彩般掠过。”

东方和西方是一个汽车轮子的距离

——“高建群现象”（四）

高建群以《遥远的白房子》踏入文坛，以《最后一个匈奴》奠定其实力派作家的位置。他的长篇小说《大平原》获得中宣部“五个一工程奖”。他的《统万城》获得新闻出版总署“图书奖”，其英文版获得加拿大“大雅风文学奖”。另有还有《我的黑走马》《大刈镰》《来自东方的船》等都为他赢得广泛的声誉。

很多作家，成名作即是代表作。高建群是一个例外。他闷着头三年，就会有一部大作出来，而且超过上一部，独步文坛，可称为又快又多文采斐然的“高建群现象”。

2019 年，65 岁的高建群长跑继续着，一直迈向“丝绸之路”的终点。

在这次行程中，他先后做过 13 次演讲。从西安出发时他讲道：“今天对这座城市来说，是一个节日，你们中有一个儿子要出发，去丈量世界了！父母给了我们两只脚，为的是有一天用它来丈量世界。”

他日复一日长跑，边跑边讲，在河西走廊嘉峪关演讲，在吐鲁番丝绸之路南、北道分路口演讲，在帕米尔高原慕士塔格峰下演讲：“世界的尽头在哪里，山的那头是什么风景，且让老高去看看！”在俄罗斯莫斯科演讲，在阿姆斯特丹演讲，在法兰克福演讲，在德国米兰国家电影学院演讲，在日内瓦联合国世贸组织总部演讲，在西班牙首都马德里演讲，在法国首都巴黎和英国首都伦敦演讲。

历时共 70 天，收获的是沉甸甸的一部大著《丝绸之路千问千答》，他叫它是“圣经体写作”，并附有他的书法和插图。

高建群在《丝绸之路千问千答》的前言《极简丝绸之路志》中写道，“我们最重要的任务当然是学习，向各个文明板块学习，向各个文明板块历史上所创造出来的古老智慧学习。因为各个文明板块所创造出来的古老智慧，是全人类共有的财富。”

天降大任于斯人焉，一生为“北方最大的游牧民族”唱赞歌的高建群，敏感到这个东方文明板块被隔绝得太久了，它渴望沟通，渴望融入，渴望倾听这个世界的想法，也渴望将自己的想法告诉世界。

我想，这大约就是中国人重新激活“丝绸之路”，重拾“丝绸之路”这个话题的原因吧。

故而，他从长安出发长跑 2 万 2 千公里，途经 17 个国家，60 多座城市，受到人们的尊敬！

“东方和西方其实并不遥远，它仅仅是一条道路的距离，一个汽车轮子的距离。”

这一切的一切，意义之重大，足以使“史学界的二十四史轰然倒地”，从而“更改现当代中国文学史”！

看《平凡的世界》想念路遥

电视剧《平凡的世界》2 月份开始热播，3 月 12 日在西安，我与该剧编剧葛水平不期而重遇，话题很快转移到热播和改编。

葛水平说："我也是从贫穷的农村走出来的，知识改变了我的命运。我很荣幸，参与了《平凡的世界》的改编，两年多的历练，两年多的奋斗啊！"

她强调说："人要有尊严地活着，就像孙少平那样。世界上没有翻不过的山。"

我说："1982 年，路遥的《惊心动魄的一幕》和贾平凹的《满月儿》获奖，两个人进京领奖。乡党见面，分外热情。他俩一身打扮土得掉渣儿，有的作家不服气。路遥鄙视他们，暗中同他们较上劲儿。果不其然，一转眼，路遥、平凹两个'土包子'把中国文坛撼动了。"

几千年来，种粮食的吃不上粮食，这不公平！新中国成立后，土地收归国有一平二调，很长一个时期种粮食的仍然吃不上粮食，特别是老区，这很不公平！

路遥坐不住了，面对大量复杂多重的交错关系，他苦闷三年，苦不堪言，灰心和失望贯穿始终。《人生》发表了，《人生》为农村青年以至于当代青年寻觅“人生”的道路。

《人生》刚一发表，1982 年 8 月，我和路遥书信往来，信都写得很长。

我说：“人生道路崎岖难行，故事情节大起大落，高加林不断地翻跟斗——由挤掉到荣任，又由荣任到被挤掉，人情世故全有了。高加林在事业上的三部曲，酿成他同巧珍爱情关系上的三部曲，再变为同亚萍关系上的三部曲，引出同父老村民们关系的三部曲，从而在复杂多变的生活难题面前，呈现出生动而深刻的现实关系。敏感！真切！深刻！”

路遥回信说：“我意识到，为了使当代社会发展中某些重要的动向在作品里得到充分的艺术表述，应该竭力从整体的各个方面去掌握生活，通过塑造人物（典型）把我们时代最重要的社会的、道德的和心理的矛盾交织成一个艺术的统一体，把具体性和规律性、持久的人性和特定的历史条件、个性和普遍的社会性都结合起来——也就是说，应该向深度和广度追求。否则，也只能是像马克思在责备拉萨尔的悲剧时所说的‘席勒式地把个人变成时代精神的单纯的传声筒’。”

最后路遥说：“在国内有两位前辈作家在创作和创造生活上对我产生过极其重大的影响，一位是已故的柳青同志，一位是健在的秦兆阳同志。《人生》的写作，一方面是在‘夹缝’中锻炼走自己道路的能力和耐力；另一方面，也是我向这两位尊敬的前辈作家交出的一份不成熟的作业。”

四年之后，《平凡的世界》陆续出版。尽管，路遥把《创业史》读了七遍，感谢柳青对他的创作产生过极其重要的影响；尽管，柳青和路遥都在替农民说话，但各有自己不同的动机和视角。柳青的《创业史》

实际上在宣称：严重的问题是教育农民；《平凡的世界》像是大声疾呼：严重的问题是接受农民的教育！

《平凡的世界》的深意，在于表达一种强烈的欲望，就是走出黄土地、融入自我实现的现代社会！为了耿耿于怀的欲望得以实现，野心勃勃的路遥耐住孤独、穷困和病痛，坚忍不拔、个人奋斗，夜以继日地透支生命，写作的过程无异于老马负轭般的自残。百多万字的巨著出世了，精神上自我完善，他胜利了。

《平凡的世界》描摹农民生活的状况，备述农民存在的价值，他要赶在“知天命”的40岁以前，好好替农民说说话，能说这不是天意？

《平凡的世界》全票获“茅奖”后，我路过西安看他，他塞到我书包里的是三盒云烟“红山茶”，自己一根接一根抽的却是劣质烟草；对大局保持高度的清醒，但气色不好，言辞恳切然底气不足。他爱哭，时而落下几滴泪水，我忍住内心的悲痛。不幸，1992年逝世，只活了42岁，路遥是累死的！

文学是路遥的生命，《平凡的世界》是路遥的精血。天降大任于斯人焉，路遥不负天命。大风从坡上刮过，平凡的世界不平凡。

葛水平有水平，让我们再见路遥，接受路遥的再教育。

我为什么要用这样一个题目怀念路遥？

"神仙哟挡不住人想人！"我为什么用这样一个题目怀念路遥？

想为他招魂。

路遥吸的是劣质烟草，栽种的却是香花；吃的是野草，吐的是鲜奶。

路遥像土地一样奉献，像老牛一样耕耘。

路遥所有的作品，都是蘸着悲欣交集的泪水，甚至于蘸着自己胆汁写成的。

很长一个时期，种粮食的仍然吃不上粮食，这不公平，很不公平！

路遥坐不住了，面对大量复杂多重的交错关系，苦闷三年，灰心和失望贯穿始终。《人生》诞生了，《人生》为农村青年寻觅"人生"的道路。

人生的道路崎岖难行，故事的情节大起大落，高加林不断地翻跟斗，由挤掉到荣任，又由荣任到被挤掉，人情世故全有了。高加林在事业上的三部曲，演绎成他同巧珍爱情关系上的三部曲，再转变成同亚萍关系的三部曲，最后引出同父老村民们关系的三部曲，从而在复杂多变的生活难题面前，呈现出生动而深刻的现实关系。

路遥终生的心愿：一、让贫瘠的黄土地变为绿洲；二、让农村知青千锤百炼，自主创业，变“悲惨的世界”为“不平凡的世界”。

路遥的作品历久不衰，仅长达百多万字的《平凡的世界》，迄今印数几近两千万部。

一般作家成名作之后，很难有作品突破自己，路遥 42 岁去世时已经将“严重的问题是教育农民”一变而为“严重的问题是接受农民的教育”，超越他的“文学教父”柳青，并且雄心勃勃，说：“还有好几部长篇要写，每一部都超过《平凡的世界》！”

中国文坛，只有一个性格倔强、百炼成钢、抱恨终身的路遥。

1990 年路过西安，看望路遥，谈话触痛他的心，他流泪了，低着头，一根接一根点燃劣质烟草，别时，却把两盒红塔山硬塞到我的口袋里：“代问北京的朋友，他们是胜利者！”我明白，眼圈也湿了。

一条陕北汉子，只活了 42 年。一个老人我，白发人送黑发人。

30 多年了，人们没有忘记那里的土地和饥饿，没有忘记这个人充满个特性色的刚强和介入，没有忘记他心心相印的高加林、刘巧珍、孙少安、孙少平、田润叶、贺秀莲、田福军、田晓霞以及彼此间脉脉含情的孤寡师母惠英嫂。

路遥非常喜爱信天游，说信天游用普通话唱就把陕北民歌日塌了，用陕北方言唱，一下子就扎进人的心窝窝，才会有一种魂牵梦绕的味道。

路遥走了，走得太早，我怀念他，就用这条陕北汉子爱唱的信天游吧：

山挡不住云彩树挡不住风
神仙哟挡不住人想人
羊啦肚子手巾哟三道道蓝
咱们见面啦容易哎呀拉话话难
一个在那山上哟一个呀在那沟
咱们拉不上那话哎呀招一招手
瞭得见那村村哟瞭不见呀人
泪格蛋蛋抛在哎呀沙蒿蒿林

死活杨守松

创办《中国热点文学》月刊，急需直面现实的好稿子，而作家杨守松刚刚完成的一部疾恶如仇的长篇报告文学《中国死了》却没有刊物敢于接纳，我得到消息后，态度积极，热心的李炳银蹬上自行车一溜烟将原稿送来。

眼前展开一幅因阵痛而痉挛的变形地带，狂躁无序，五光十色，充斥着冒险和无援。“文明与梅毒赛跑，嫖娼开发票报销。”“人口最多，妓女也最多。”“资本是个好东西，官僚是个坏东西，两个要是结合在一起，中国便是一个更难走出的墓穴。”“海南是自由港，是科学民主的殿堂吗？”“海南造就了多少人，又毁灭了多少人？”“上帝也把我遗忘了吗？”“不好好读书，将来只好当干部。”“什么时候所有的中国人觉得当官没意思没油水可捞不可能暴富，中国就有希望了。”“所幸的是中国人终于大彻大悟，想到了要寻找自我，要做一个‘人’。”鲁迅说：“中国的‘人’还没有萌芽。”感觉敏锐，大胆放言，信息量大，深度的体验，深情的呐喊。我连夜读完这部稿子，激动伴随着惊悚，心跳不已，直到天亮。

我如获至宝，但是，群情激愤、痛斥“官倒”的声中，有胆有识有歧见，凛然正气也许会变成不谐和音惹出麻烦招来横祸。几处使性子、偏激过头的话无论如何需要改动，而杨守松却在盛怒之下守身如玉，寸土不让，谁要说删说改，他跟谁急。苦口婆心，嘴磨烂了，杨守松态度松动，同意改题，提出改《中国死了》为《上帝死了》或《皇帝活着》，这不跟没改一样吗？我建议改为《救救海南》，他同意，但提出一个毋庸置疑、不讲任何条件的条件：“他们活着，那就让我死吧，你们给我的署名加上黑框！”

我想，列夫·托尔斯泰不是活活地“死”过一回吗？托尔斯泰为了挣脱狂热者围攻式的拜访，免受干扰蘸着胆汁写作的《复活》，便将自己锁在房间里，对仆人说：“从今天起，我死了，就葬在房间里。”果然，来访者被悲痛欲绝的仆人告知：“先生死了，死在谁也不知道的地方。”托尔斯泰就这样“死了”。《复活》定稿后，托尔斯泰“复活”了。我想，杨守松和其他所有的作家一样，有生的权利，也应该有“死”的权利，以己之死，换取深圳之新生，有深意存焉，遵命！照办！

可是，我犯有“故意杀人罪”。

《救救海南》刊出后，读者争相传看，轰动一时，在一个非常时期特殊的年份，涌起报告文学一个新的小浪潮。远方的亲友已经为杨守松的早逝“失声痛哭”，读者不断来信，“钦佩杨守松的才气和胆力，但也遗憾地看到杨先生已经仙辞人世”，“希望主编先生您能告诉我们杨先生辞世究竟是什么原因”。

杨守松面对亲友、读者纷纷的哀悼和痛惋忙不迭地解释和道歉。他为作品而献身，死而复生，何等传奇又何等狡猾、狡猾的呵！

《救救海南》给杨守松的呐喊、欢呼以至喷发开了个好头，他豪气如虹，锐气不减当年，长时间活跃在报告文学队伍的最前沿。

《救救海南》是探路者的报告，只找回了真实、真诚和焦虑，只求埋葬自己的奢望与海南的劣迹，置死地而后生，但是，迷路了。他继续寻找，很快找到“昆山之路”。三两年后，《昆山之路》出版，空谷足音，从而有《苏州“老乡”》《昆山之路（续集）》等的一番热销，又有《黑发苏州》《永远的“昆山之路”》等鲜亮登场。杨守松又活了，向我报喜，以谢我的再生之德！

杨守松视觉独特，敢唱《大风》，笔下有雷声，南京再见时，我以二句赠守松：“文章尤贵在肝胆，波谲云诡始动人。”

绿色的梦

——彭见明《那山·那人·那狗》

那山、那人、那狗，三者汇成一种艺术境界：山那么美，人那么好，狗那么通人性。没有伟绩我景仰，没有训示我心服，没有叫喊我振奋。这篇作品深深触动着我，使我这样不平静。

老了，于是，在父亲肩上度过了半辈子的扁担，移到另一个年轻人的肩上。几十年独身来往于山路河田之间，和邮包与狗相伴，和孤独、寂寞、艰辛、劳累相随的老人，要向儿子交班了。要交班先要带班，要领他走路，要教他尽职，“还要告诉他许多许多”。他满意儿子，让儿子顶替，但是，儿子“能顶替吗？仅仅是往各家各户递信送报吗”？“仅仅是凭着年轻血旺爬山过岭吗”？

要包好油布，山里雾大，邮件容易沾水。要留神脚下，脚下是狭窄的路、溜滑的青石板。不要贪快，路远着呢，暴食无好味，暴走无久力。要将汇票亲手交给瞎子王五，他被人瞒过一次汇款。螺形弯养了兔，要喊住狗，狗还没习惯。千叮咛，万嘱咐：“记得不？”“要记住！”

十分动人！这是亲子之情，远远超出了“身体发肤”以及“衣食父母”的自然属性，蕴含着由衷的社会责任心和对乡邮事业一往情深的爱。这种爱最通人情人性，最合乎人道精神。是的，“让他爱上山，要与山过一辈子，要爱呢”！

父亲满意儿子，儿子满意父亲；父亲不放心儿子，儿子也不放心父亲。这也是父子亲情。儿子提醒父亲回乡以后多上老更叔公那儿坐坐，千万不要得罪大队长，不要下水田加重腿病，一定劝母亲查一次病。他不让父亲脱鞋袜下冷水过河，狗在一旁感到惊讶。

就这样，父亲弯着腿，双手搂着儿子的颈根，前胸、腹部紧贴着儿子温热的厚实的背。儿子那粗大而有劲的双手则牢牢地托着老人的双膝。

……老人滴下了一滴眼泪。儿子的颈根一缩。儿子反过脑壳，嘟哝了句什么。

非常动人，非常富有情致，旨意幽远。一个时候，知识界里几乎人人说“代沟”，个个议交班。必须跨越“代沟”，填平“代沟”；必须抱有战略眼光，进行体制改革，完成新老干部交接班的历史任务。这一重要、艰巨而复杂的时代大戏，不料“那山”的“那人”演得如此出色和动情，它是作者用大笔画出的小画，因情动人而喻世的至理。一根弯弯不长的扁担不过移换了一个肩膀，何尝不是新老两代历史重担的换肩！何尝不是新旧交替、百业待举、后继有人的一次成功的接力！寸心之地，能纳百川，啊，哦，眷眷中有深意！

最后的一笔异常动情而有力，那简直是诗，散文诗！当然，那山、那狗，都为了那“人”——两个人，父亲和儿子，老一辈和新一代。

狗呢？站在桥的当中，“嗷嗷”地着急地叫着……

“汪汪汪。”狗着急地喊。

“你去吧，去！”

儿子在逗狗：“嗬！嗬！”

父亲猛地扭转头，径直往回走了。狗略一踌躇，也跟了走，去老人身边“嗷嗷”叫着。

老人突然捡起根竹棍，朝狗屁股上抽去。“汪——汪汪。”狗负着痛，朝桥边跑去。

老人把竹棍丢进透明的跳跃的山溪水里，喉咙里猛地堵上一块东西。好一阵，他觉得一股热气直扑膝盖。他睁开眼一看，是狗！狗在吻他的膝盖骨。

他又俯下身，从口袋里掏出手帕，替狗擦去眼泪。轻轻地喃喃说：“去吧。”

于是，一支黄色的箭朝那绿色的梦里射去。

“黄色”是狗，“绿色”是山、是乡邮。啊，那山、那人、那狗！

“绿色的梦”，多么迷人！

不是走西口，不是垂老别，不是易水行；是传子篇、大鹏赋、正气歌。容我再说一遍：没有夸饰，没有训示，没有叫喊；令人景仰，令人心服，令人振奋。真正的小说艺术。

作者彭见明，二十九岁，具有诗人气质。《那山·那人·那狗》的诗情画意，堪称精粹的短篇小说。该作在《萌芽》一九八三年第五期发表，《小说选刊》同年第七期转载。现在，一九八三年全国优秀短篇小说评选活动正在进行，人们自然会想起那座山、那个人和那只狗。

你我他对话爱情与死亡（一）

你早先要我不妨一读的《国画》终成禁忌。中国人的心态是你越不让他看，他越想看，就像劳伦斯当初那样，可如今，《查泰莱夫人的情人》陈放在名家书店里翻都没人翻了，相反，王小波与李银河关于我国同性恋的调查报告《他们的世界》却上了色情网页。李银河写道："有一点可以预期，人类的性活动在经历更多曲折后，仍会朝着丰富多彩的方向往前走，不再回头。我们完全可以对人的极其丰富的个性在性领域自由地表达的前景抱有希望。"你不觉得李银河有伟丈夫的气概么？斯人也，可引为学界知音。

鲁迅一次大病之后，午夜醒来，叫许广平开灯。许广平问他要做什么，鲁迅说："什么也不做，只想看看。"我常常就什么也不想，什么也不干，只想随意地看看，例如，看看天空，看看树木和青草，看看楼房和街灯，看看屋子里的杂物，看看身边的亲人，平静而喜悦。尤其是病痛初愈后随意看看，其内涵更为丰富，不信，今夜你试试！感觉一下"存在"，感觉一下"活着"，不尽的美妙！

有一本书叫《宇宙的意志》，日本经济学家、生物学家岸根卓郎著。他谈论的是生死，但它是在物理学的最新研究成果的基础上验证东方的神秘哲学与宗教的。作者有许多惊人之论，认为未来的文明将是科学、宗教、艺术三位一体化，是以东方文化的心物一体论作为核心的文化。他了不起！

“没有宗教就没有辩证法。”记得这是了不起的思想家顾准早在文革时期的著名论断。我是乐观主义者，但对我国文艺界多多少少有些悲观。中国作家笔下的男人也好，女人也好，很难说都是成熟的角色。他们难得具备健全的、高质量的心理状态，并且亮不出健美的肉体，敏捷的活力和自然的、未被败坏的“性爱”能力，所以，七七八八的隐私文学居然没有多少可以拿来与《廊桥遗梦》相比，不怪别的，只怪我们土壤上生长出的往往是人工培育的生物，欠缺自然性，欠缺整体上的和谐，肉与灵分裂，性与情、情与爱分离，健康与美丽相悖。偷偷摸摸的婚外恋，猥猥琐琐的情话和性事何美之有？《廊桥遗梦》之所以让不少妇女落泪，是因为哭泣的人看到自己的生命是如何被虚掷了。她们生儿育女，但她们既未享受到情爱，也未享受到子女和孙儿辈的敬爱。她们站在健康美丽迷人的弗朗西斯卡面前自惭形秽。“相爱或者死亡”！人们惧怕爱情恰似惧怕死亡，宁可临水望月、对镜看花、隔雾观山，就是不肯睁大双眼直面爱和死，因为二者同样需要全身心地投入。

你我他对话爱情与死亡（二）

中国一些自谓“时髦”的女性，似乎有意探索选择某种新的生活方式，骨子里却依然是旧时代的灵魂。她们自卑、自贱、自傲。她们怕这怕那，充满了对自由、开放的恐惧。她们害怕成为被抛弃者，同时又怕被占有。她们怨天尤人，装神弄鬼。现当代有一批女作家的书都有意无意呈现出这种病态的女性心理，细细思之，不但比不上“五四”时代的、三十年代的新女性，就是十九世纪俄罗斯女性她们也难望其项背，原因是她们欠缺新“人”的觉醒，失却独立的“人格”，匮乏女性的柔美、魅力与自信心，总是一副可怜兮兮的神情，做她们的丈夫或情人，必须把她们整个人背负起来前行，你若没有这个力量，就不要向她们流露出爱慕的眼光——她们时时刻刻张开捕捉你的罗网，只要捉住一只，微笑（曾经那么迷人啊！）就会变成泪光（叫你不得不心慌意乱）。而男人，却需要一个能与他并肩前进的伴侣，一个可以互相鼓舞与响应的强有力的伙伴。我主张审美层次上的男女关系，不主张在男女问题上违反自己的意志与心愿。首先必须忠于自己，要爱，就爱一个值得为他经受苦难的人。一个真正成熟的男人或女人，应该是善于独处和会享受孤独的人，因为人的生和死都是单身前往的，人和宇宙一直是单纯联系的。虽然人处在一个网络之中，但每个人与他人的联系也都是单线的，尤其人与宇宙是如此。我不信什么同生共死，也不信什么永恒的爱情。世上只有一样是不变的，那就是“变化”本身。

我们一方面要打破对于女性的固有的偏见，一方面要提醒女性同胞自尊自强。我以前写小说时，常常给故事的女主角取名为S，男主角则叫他Z，就像卡夫卡小说中的人物常常叫K一样。S是一条蛇行线，这是最美的线，只要你稍稍加上点想象力，就会明白用S来给女主人公命名再好不过，因为只要一看这符号你就会感受到女性的魅力，它不但使人直观到一个富有曲线美的妖娆的身段，而且还处于运动的趋势，能感到她的内心的活跃。男人，从他们宁折不弯的阳刚之美来观察，也没有比Z的形状更形象的符号了，我甚至就用S和Z来想象和祝福所有的女人和男人的故事。

中国人始终仇恨性，中国男人也始终把女人当作“对象”而非平等的人。

但也不要无视另一种祸害。“金钱，金钱，金钱！所有现代人只有一个主意，便是把人类古老的人性的感情消灭掉，把从前的亚当和夏娃切成肉酱。他们都是一样，世界随处都是一样：把人性的真实性扼杀了，每条阴茎一金镑，每对睾丸两金镑！”读劳伦斯《查泰莱夫人的情人》这部书，心头总是沉甸甸的，即使康妮与梅乐士在雨中疯狂地舞蹈，你也不会感到轻松。

几千年来的愚民政策与贫穷落后造成人性的恶果，文革罪行即是明证。你会说，现在好了，经济发展，民众富有，物质文明上去了，精神文明自然也会上去，——错！物质富了，精神穷了，精神被金钱和权势强奸了。

读米歇尔·芒索回忆杜拉斯的《闺中女友》（作者是与杜拉斯有30年交往的闺中密友，为了形影不离，杜搬一次家，她也搬一次家），非常有趣。书中详述了杜拉斯对写作、生活以及男男女女等方面的精辟论述，让人们看到一个比她的作品里看到的还要清晰的杜拉斯——感情微妙，才华横溢，性格怪异。她在小说里大胆披露自己多种欲望，却容不得好友无意中说出她的具体年龄和一点鸡毛蒜皮的隐私。她偏执而孤傲，率性而专横，内心充满矛盾，但很可爱。杜拉斯经历过两次婚姻并同一些男子相爱。她71岁时被一个27岁的大学生崇拜追求，以至引发出她的激情。读他的信或者与他相见时，她都止不住双手颤抖，这使他有了勇气向她示爱并同居，直到15年后她逝世。这位年轻人读大学时对杜拉斯的作品入迷，专攻杜作。他写了一部名叫《玛·杜》的书（可惜中国尚未见到译本），通过极其琐屑与细腻的日常生活细节，坦陈他们的同居生活。他在见到杜拉斯之前，曾写给她长达7年的情书。书中有幅他俩的合照，我看了许久许久。男的个子很高，瘦削，有诗人的敏感气质；女的矮而且胖，不像70高龄的老妪，但也绝不年轻。男的挽着女的手臂，上身微向她倾斜，一副柔顺体贴的模样，很像她的儿子。杜拉斯曾向那位女密友夸口："我就是到80岁，也还会有吸引力的。"事实上，这位男友就那么认为，觉得她非常年轻，迷人，神秘，富于变化，非常可爱。我相信他说了真话。这个事实证明了，真正的爱是超越肉体的，年龄不是障碍，贵在超越。《百年孤独》的作者马尔克斯的《霍乱时期的爱情》，说的就是一对老人年过八旬的爱，好生动人噢！

你我她对话爱情与死亡（三）

拔牙使我情绪低落，镶牙也十分可怕，这使我体会到一位老明星对某妙龄女子说的一句话："我怕碰掉我的假牙！"又联想到另一位老艺术家曾对我说的"真叫人羡慕！你的牙这么白，而且都是真的！"。当时，这句话使我笑出眼泪。据说，一个不相信再有情人的女人总是止不住要发胖的。

（众大笑。"太刺激！你的发现吗？""不，但我不贸然反对。"）

你听说过12世纪20年代哲学家和神学家阿贝拉尔与爱洛伊斯的恋爱故事吗？我多年前曾看到过以此书为题材的一部好莱坞电影，非常非常感人，终生难忘。今天，在《亲吻神学》即《中世纪修道院情书选》里又读到了这个令人极其震撼的故事。虽然时间逝去800年，但他们的爱和痛苦却叫人感极而泣。真正的爱是不死的。

是啊，阿贝拉尔在为爱洛伊斯讲授哲学和神学期间，与这个17岁少女发生狂热的恋情，使她受孕。他们不得不秘密结婚，生下一子。但随后，阿贝拉尔被女方家族施以残酷的报复，被阉割。此后15年，阿贝拉尔与爱洛伊斯各自在修道院里尽神职，他完成《受难史》。此书传到女方手里后，引发出剧烈的伤痛，两人开始通信，多么了不起的内心剖白呵！两情相许爱得多么深呵！阿贝拉尔死后葬于圣灵堂。又过了 22 年，爱洛伊斯也葬于圣灵堂，他们的故事流芳百世，至今催人泪下。

这位修士与修女的《情书选》都是美妙无比的诗的文字，可见植根心灵净土绽放的花朵何其芬芳！真没想到爱是如此奥妙如此伟大如此有魅力！

精神之爱是一种无限的接触，这种接触发生在人的内心深处，并使相爱者达到完美的合一。

人的命运是由人的性格决定的，甜酸苦辣、爱爱怨怨，哪一样都要自己亲自尝一尝。你不是常常默念着鲁迅《七论“文人相轻”》里的话么？“至于文人，则不但要以热烈的憎，向‘异己者’进攻，还得以热烈的憎，向‘死的说教者’抗战。在现在这‘可怜’的时代，能杀才能生，能憎才能爱，能生与爱，才能文。”趁着还鲜鲜地活着，还能恨能爱，能感受快乐和痛苦，就痛痛快快地活罢！有一本书，引用了一位到南极考察的博士爱德华·威尔逊写给他妻子的信：

> 我死后，我将会再见到我心爱的一切人，因为他们先我一步在那儿的缘故，我觉得死亡也没有什么不好。所以，我爱人，爱生命本身，爱这奇妙奥秘的宇宙，爱我们所呼吸的空气和水，爱阳光和风雨，爱我们自身生命的律动和激情。所以，我一年比一年活得更轻松，更快乐。每天，我都怀着感谢和新鲜的心情来迎接新的黎明，抓紧时间好好生活，好好地吃下每一口食物，每一样美味可口的面点或水果，好好地喝每一杯牛奶或水，好好地品味每一样菜蔬，好好地欣赏每一部有趣的电影或电视剧，为剧中

人笑或哭，好好读每一本展开于手的书，与世界上第一流的哲学家、思想家和伟人作精神上的交流，从他们那里吸取智慧和力量以及热情和勇气。

庄子说："古之真人，不知说生，不知恶死。"此之谓也，善哉！
圣诞快乐！
新年愉快！
给你们俩拜个早年！

母亲的力量

——为魏兴荣《我与我的双胞胎儿女》而作

通常是"只生一个"，她却生了两个，一男一女双胞胎。

通常是父母养育一个孩子，她却是独自一人养育两个孩子。

她一边养育两个孩子，一边高考念大专充实自己同时提高育儿的质量，艰苦备尝，一棵直挺挺的树，没有倒下。

她集母爱父爱天下大爱于一身，眼看着儿子和女儿一个个从幼芽出息到蓓蕾再到开花，从肉体到肤色到精神塑造出一个又一个自我。

她说，《我与我的双胞胎儿女》何以自誉为伟大工程，是因为我和我的儿女所经历的某些生活，是极其特殊的。如果我不把那些特殊日子记录下来，我将愧对我的生命，也愧对我手中的一支笔。

这本书，首先是献给自己的，这礼，唯有我自己能为自己献上，别人做不到。因为米，都在我的锅里。

附带着，我也把这本书献给孩子。他们当然了解他们的母亲，但在那些特殊的日子，他们和妈妈隔着遥远的世界。妈妈那时思儿之痛，他们几乎一无所知。

一双儿女，是上帝所赐，只赐予我一人。一手把他们带大，是我的神圣使命。不管我曾承受过什么，付出过什么，我无怨无悔。永远！在他们的成长过程中，我做了我该做的，能做的。我用行为阐释了母亲的力量。我充满骄傲和自豪。我觉得我和儿女，都挺伟大。

我不敢妄议上帝，我又不得不抱怨上帝，让无爱的婚姻离异后似乎变得终生无爱，徒遭厄运饱受折磨，魏兴荣却恍然感悟到这是上帝有意灵魂洗礼，凤凰涅槃。

小仲马的话剧《茶花女》在巴黎初演，受到热烈的欢迎，他立即打电报给大仲马说："巨大，巨大的成功！就像我看到了你的一部作品初次上演时所获得的成功一样。"大仲马风趣地回答说："我最好的作品就是你，我亲爱的孩子！"

爱与被爱是幸福，悲欣交集是人生，没有毫无自私自利之心的人，没有纯粹的绝对正确的神，无私的奉献只有生母如地母。

魏兴荣为社会阐释了母亲的力量，是深层次的人性美，是母亲英雄，是伟大的母爱！

2024 年元月 17 日

陕西礼泉永康颐养中心

为李昕散文集《翻书忆往正思君》作序

天降大任于斯人焉，人不堪其苦，昕不改其乐，贤哉，昕也。

李昕是书人，40年的“出版专家”，界里无人不识君。

李昕做书，编书，评书，才思敏捷，是全能选手，50多万字收录40多个篇章的《一生一事》，以优美的散文和散文式的评论贯通整个文学出版史，津津有味的故事叫人欲罢不能。

寄身人文社、香港三联、北京三联和商务印书馆，享受所提供的平台，然而，仍在“历史的夹缝”里做书。

李昕的散文集《翻书忆往正思君》出版，炉火纯青。

天赋+阅历+刻苦，再加上宽松的社会条件，能够造就作家。

李昕父亲李相崇，掌握多种外语，曾经根据俄、德、英、法原文校定国内出版的马克思、恩格斯、列宁著作的若干中译本，主编《新英语教程》等高校教材。李昕家学渊源，清华大学是他的摇篮，他成名，却以自己的生命挑战生存的环境。

李昕倾其一生称颂恩格斯所胜赞的（启蒙运动时期）“血写的人”，

梁启超，周有光，韦君宜，吴敬琏，屠岸，沈昌文，曾彦修……

吴敬琏三次改写书名

吴敬琏被誉为“中国经济学界的良心”，李昕三次约请他出书，但是他太忙，他们便请知名媒体人马国川采用对话的形式协助他做。

他让李昕起书名，他改写书名，仅几字之易神情毕见。共三部。

第一部书，他说就叫《中国经济改革二十讲》吧，吴先生改为《重启改革议程》，理由是：“中国正站在新的历史十字路口上，为了避免社会危机的发生，必须当机立断，痛下决心，重启改革议程，真实地而非口头上推进市场化、法制化的改革，建立包容性的经济体制和政治体制，实现从威权发展模式到民主法治模式的转型。在我们看来，这是中国唯一可能的出路。”出版后，迅速成为理论界热议的话题，非常畅销。

第二部书，他说，书名就用《面向大转型时代》，因为这本书和《重启改革议程》的思路相一致，反映的是对于新一轮改革的现实思考，“让历史照亮未来的道路”，“建设一个富裕、民主、文明、和谐的现代化中国”。

吴先生回电话，说这个题目很好，但是要改两个字，把“面向”改为“直面”。

“直面”和“面对”的意思差不多，但是“直面”强调主动参与，是真诚，是勇气，是道义精神和社会责任感。

第三部出书的起因：《直面大转型时代》出版了，又是一本畅销书，他建议把演讲稿和论文编在一起，出版第三部书，就叫《改革新征程》。吴先生以为不理想，让他帮他想想。他给吴先生写信说：“书名建议用

《改革行思录》。‘行思’语出《左传》，‘大道行思，取则行远’。意为改革正道直行，善于思考便可达远景目标。另可考虑叫作《改革新思维》，意谓今之改革，要打破原有的思维定式，在旧有的理论基础上创新。”

吴先生没有选择《改革新思维》，大概是因为他谦虚低调，不愿以“新思维”标榜自己。但以为“行思录”这几个字很好，打电话问他，是不是在前面再加上“大道”两字，叫作《改革大道行思录》？他拍手叫绝！“大道”二字既形象准确，又一语双关，凸显吴先生在为改革开放辩护时理直气壮的姿态。

《改革大道行思录》甫一出版，立即受到读者和媒体关注。《新京报》和腾讯将它同时评为2017年度“十大好书”和“华文好书”。

颁奖那天，吴先生以“改革路上的‘学’与‘思’”为题，只讲了几分钟。他说，我们的改革需要实践（行），也需要理论研究（思），是行、思、学三者的统一。今天我们处在新时代，新时代要发展，就要靠改革，而改革要靠我们大家坚持不懈的“行”“思”“学”。拼尽全力促进改革的深入，这样我们的改革才可以“过三峡”。

傅高义和他的《邓小平时代》

三联书店为了争得翻译和出版傅高义（美国哈佛学者，费正清的接班人）传记体《邓小平与中国的转型》一书，李昕不辞疲劳，奔走呼号，倾全身之力促其必成。

他准备了上、中、下三套备案，非常具体。对于特殊环境下如何巧妙地出版特殊内容的图书提供了宝贵的经验。

“上中下三策”：一是资料来源不被认可，书中很多材料引自港台出版物，这些出版物中有些材料真伪莫辨；二是有些论述把党内高层的思想矛盾解释成个人权力斗争，带有主管臆测成分；三是书中涉及一些既无法核实又不便于披露的高层内幕；四是有些话题目前为了国内政治稳定以不触及为宜。

这是一项大工程，李昕运筹帷幄，在脚手架上挥汗如雨。

他告诉作者，可以预见这本书出版前肯定需要删减内容，其原则有：

一、能不动就不动；

二、改动不伤害原意，以删为主不修改内容；

三、尽量以改动个别字词解决问题，避免大段删动；

四、编辑处理此类问题前应征求作者同意；

五、宁可壮士断臂，不必削足适履。

傅先生一直耐心地倾听，脸上不时现出会心的微笑，忽然从椅子上站起来说："现在我宣布我的决定，这本书交给三联书店出版！"

《邓小平时代》出版后，迅速占据了销售排行榜前列的位置。

百折不挠的毅力，灵敏灵活的策略，聪颖过人的智慧，造就了一位"出版专家"。

出版曾彦修"自问平生未整人"的《平生六记》

特别值得提出的是颂扬和出版曾彦修"自问平生未整人"的《平生六记》。

李昕写道：曾彦修先生说："在我一生经过的一些大事中，我的原则是：一切按具体情况处理。明知其错的我绝不干。为此要付出多大代价，我无条件地承担就是。世界上很多事情，常常会有例外的，唯独有一件事情，我以为绝不能有例外，那就是：良心。”

《平生六记》在生活书店出版，李昕特地采用小精装，以示隆重。周有光、沈昌文、张思之、吴道弘等知名学者闻知此事，特地向读者联名推荐，社会反响强烈。

《平生六记》以“六记”概括一生，以平凡小事反映大时代和大历史，以细微感受透视特定环境下的人性和人情。

有权力时“不整人”，自己挨整时不害人。他在“运动”中写过不少交代材料，说：“那上面没有伤及别人的一个字。我可以一百次骂我自己是乌龟王八蛋，但我决不会哪怕说一次别人是小狗、小猫。这条界线，我一生从未越过。”

所有这些，都表明曾彦修先生不愧是一位令人尊敬的人道主义者，具有高尚的心灵和强大的人格力量，并且善良正直，充满爱心，在畸形的政治环境中挺直腰杆，宁折不弯，不唯上，不唯权，只唯实，以自己的绵薄之力，努力维护心目中的公平和公正。他称自己是鲁迅的终生信徒，的确，拿他自报“右派”这件事来说，足以证明了他就是鲁迅所说的那种“拼命硬干”和“舍身求法”的人，是“中国的脊梁”！

曾彦修先生回顾一生，认为“平生未整人”不仅令自己心安，同时也使自己获益良多，像那手捧“‘诚实之花’的佛家弟子”，将得到历史和社会所给予的最高奖赏和评价。

我越读越激动，越琢磨越有感触：李昕这样推崇曾彦修，不正好说明他自己也在追求这样的人生吗？

李昕，书人，散文家，娓娓动听的评论家，先驱者的马前卒！

2023年11月1日于家乡礼泉

昔日顶天寺，今日顶天阁

顶天寺，礼泉县的最高，位于礼泉县东北六十里。

据我所知，顶天寺建于汉代，唐代时，太宗皇帝曾趋前摹拜。一千多年后的当代，据说县财政困难，一位开发商投资炸毁卖矿石烧石灰，顶天寺的废墟，让山下一位信佛的妇人住着。

我曾两次登山拜访，开发商转移矿石的车辆络绎不绝，妇人虔诚，在一张白布上画了佛像，供人顶礼膜拜，收些香钱。还养了一只小狗，全身乌黑，更觉寂静和冷清。

我站在咸阳市礼泉县的九嵕山上。九嵕山面北是唐太宗的陵园，陵园六骏天下独尊，享誉全球。

我站在九嵕山上。从顶天阁公路延伸，一条线接通平原与山地的命脉。在县委县政府大力支持下，县交通局八年修筑“扶贫公路”建奇功，刘建新是当时的交通局长。

今年五月，人间芳菲尽，桃花始盛开，我和刘建新陪同访客们游览唐昭陵所在的九嵕山。

驶出礼泉县城，一路顺着礼相公路向北而上，沿途群岭绵延，村庄星罗棋布掩映在果园之中。越过石马岭，翻过一道长坡，一座雄伟的仿古式地标性建筑“顶天阁”兀入眼帘，恢宏的气势让人震撼，不由自主地进入梦境。

刘建新介绍说：我们礼泉县，汉代时建了个顶天寺，建在嵕山上，佛殿高高在上，四下的景点神奇而森严，王母玉帝下凡，各路神仙降香，唐太宗拜佛，人说：“顶天寺啊顶天寺，把天磨得咯吱吱。”不幸，财政吃紧，顶天寺被人为地炸毁当石头卖了。

顶天寺倒下，顶天阁拔地而起！

顶天阁建在礼泉县旱腰带三条农村公路的交会点上，总高 37 米，底下四个立柱，镌有历代文人咏赞礼泉的诗词。上面四个斗拱，远看像一个“开”字，寓意开放、包容、开通。斗拱中间有“泰山北斗”“紫气东来”“气象万千”“经天纬地”等，气势磅礴，分别由阎纲、贾平凹、郑彦英、萧云儒撰写。南面“经天纬地”的下面，是当代书法家邱宗康女士用大篆撰写的“顶天阁”三个大字。斗拱的每一侧刻有“青龙、白虎、朱雀、玄武”四个神兽图案，寓意礼泉人民世代平安；四个斗拱矗立向上，寓意礼泉交通运输事业蒸蒸日上。通衢大道绕顶天阁环岛花园而行，交通四通八达。顶天阁以阁代寺，气势恢宏，弥补了礼泉人民痛失千年古寺的遗憾。

问刘建新：“你怎么动了这么大的念头决心修路？”

他说：“我当年在烟霞镇工作，到昭陵脚下的东坪村征收林特产税。没有公路，石子路坑坑洼洼，下雨下雪出不了门。正是雪后的一天，我们步行几十里山路到了东坪村，累得上气不接下气。当时我就在想：这里的农民真苦！我们来到一户农民家里，仅有的七塑料袋苹果，二三百斤吧，即使卖完也不够林特产税。山上的冬天特别冷，看到穿着黑布老棉袄的农民脸色苍白，眼神愁苦、低头无语的神情，难过极了。我强忍着泪水，扭转头，对随行的人员摆手说：‘走，这户不收了！’，当时我就在想，同在阳光下，为什么礼泉北部旱腰带的农民咋就这么可怜哩！”

天意君须会，突然接到通知，任命刘建新为交通运输局局长。接到通知那一刻，刘建新热血澎湃，“多年的梦想可以实现了，就是为民修路！”

他深入村镇踏勘、调研，搞设计、议规划，回来后满身的土和泥。每逢大雨，他带人上路巡查，检查哪段道路被冲毁，哪个桥涵有危险，现场拟定措施、解决问题，晚上 12 点前没有休息过，自己感叹道：“不知道我那时的干劲咋那么大！”

当时，咸阳市要求各县交通局每年都要创建一条文明示范路。礼淳路的建成，使南北大动脉结束了坑洼路的历史；旅游路的建成，贯穿了四个镇和唐昭陵、唐建陵，打通了横亘千年的交通瓶颈。特别是修筑烟昭路，沿途十个村子的御石榴基地、御杏之乡、葡萄基地和旅游村任池村获益大焉，加快了发展速度，成为旱腰带脱贫致富的金腰带。

刘建新修建每一条路，都当作精品去完成，受到省、市、县领导和社会各界的好评。礼泉县受到市交通局、省交通运输厅、交通运输部、农业农村部和扶贫办等各级领导单位的嘉奖。

烟昭路的建成不但解决了旱腰带地区果品生产、果品外运的老大难问题，宽广美丽的道路还为沿线的肖山村和任池村两个省级农业示范园与官厅村乡村旅游示范村的发展锦上添花。一到花开的季节，粉色的杏花、白色的梨花、红色的石榴花、黄色的油菜花，一朵朵、一串串、一片片，漫山遍野十分好看，节假日，人们驱车赏花散心。多年来的“赏花季开幕式”都是在这里举办的。

2013年国庆，礼泉举办了有史以来规模最大的“礼泉县交通文化展”，计有书法、绘画、摄影以及文学作品，没想到社会反响如此强烈，来自全国20多个省市的参展作品达到1000多幅，前来参观的各级领导和群众多达3万余人。一个蕞尔小县的活动竟然有这般的规模与影响，可谓空前。

到交通运输局任职的这短短的八年间，刘建新新建、改建县乡公路400多公里，村组道路350多公里，县南部已经形成“四好农村路”示范区，北部路网也已形成。四通八达的交通网，为礼泉的经济腾飞提供了强有力支撑。2016年，礼泉县获得陕西省首批“四好农村路示范县”称号，2017年被交通运输部命名为首批“四好农村路全国示范县”。2018年又被交通运输部、农业农村部、国务院扶贫办联合评为“四好农村路全国示范县”。刘建新终于圆了他从儿时便生发的“为民修路”的交通梦。

此刻，我站在九嵕上举目远望，又转身环山远望，盘山四射的公路又像五彩缤纷的飘带纵横交错，如烟云锁腰突显九嵕山之雄大与崇高。南望顶天阁，气宇轩昂。从顶天阁向西至乾陵，再由乾陵出发一直往东，贯通唐十八陵，你什么感觉啊！从县城到开山架桥的礼泉各个景点，譬如登天梯似的昭陵，作环绕九嵕山之周游，到建陵凭吊翁仲翼马知兴衰，到袁家村享用灯红酒绿的农家乐，去面积39万平方米的同心园、甘露亭游湖品茗，到刘古愚的烟霞草堂旧址重温张载“为万世开太平”的伟大抱负，甚或去引水到西安市的东庄水库水利枢纽景区历险，行驶在这样的路面上，看看你什么感觉！

此刻，我站在九嵕山上，九嵕山的内涵是享誉历史的贞观之治，外延是昭陵六骏的龙马精神。看“飒露紫”，大将军丘行恭牵着受伤的“飒露紫”，和李世民巨跃大呼，斩数人，回营，为“飒露紫”拔毒箭，毒箭一出，“飒露紫”倒下了，“飒露紫”骨腾神骏，是悲剧美学的极致！

时至今日，交通文化成为礼泉文化建设的组成部分，交通已经成为礼泉县靓丽的名片。

“五纵六横一环三辐射”的交通网激发游子浓浓的思乡情，乡党们，迈向回乡之路吧，或乘飞机、高铁，或坐大巴、私家车，恰似插翅的北归燕，蹁跹在一条条宽阔平坦的大道上，盘旋在一道道松柏常青繁花似锦的山川小路间。公路盘根错节的大动脉，连接着礼泉大地的村村寨寨家家户户。看，物流逝者如斯夫，人们休闲如梦游，蝴蝶裙像陀螺旋转不息，高跟鞋像踢踏舞般的嘎嘣脆，穷则通、通则灵，公路网滋养着家乡的父老乡亲。

喜读石岗的两篇散文

一、春动礼泉

900 多字，尽述故乡、泥土和母亲，亲情浓于水，永远化不开，永远依恋。

阴历三月是最思念家乡的日子，因为时值清明，那些已经故去的亲人需要我们去祭奠，那些离别日久的亲人需要我们去看望。于是，我匆匆上路，回到家乡礼泉。礼泉的春天再一次让我震撼，桃花娇恬，梨花洁艳，玉兰吐蕊，春水动情，各种鲜花铺满山川大地，我陶醉在其中，心里半天想不出一句诗句，能描述天地之间的这种大美。只能不断喃喃絮语一个字“美”，不但美，而且美，美不胜收。

用文字表达不了，我就只好用影像表达，于是，我召唤来我的朋友们，带着航拍机和照相机，在田间山川，四处寻艳觅芳，把我眼中看到的美，都收录在影像里。回到西安，仔细观赏，再一段段简单地剪辑出来，配上音乐，配上我和古人的诗句，最后请乡友、著名书法家赵居阳先生题写了片名，就成了你们看到的这部短片《春动礼泉》。

故乡永远牵着我们的魂魄。不管人生的路能走多远，魂魄都是留在故乡的。

当年，西楚霸王项羽占领关中，有人劝他在咸阳建都坐天下，霸王思念故乡，说："富贵不归乡如锦衣夜行。"劝他的人叹息说："沐猴戴冠尔。"霸王成就了伟业，但是他想着家，做了大事不回家，就好像穿着锦缎夜里行走，没人喝彩，没人羡慕，甚至连嫉妒的人都没有，多么无聊呀！劝他的人认为他没出息，就像洗了澡的猴子，戴上帽子充人类。

我总觉得我也是一只戴冠的沐猴，离不开故土。有什么办法呢？故土上埋着我慈爱的老父，居住着我可亲的乡亲，飘荡着我梦话中絮叨的母语，不知道会在什么地方，就会冒出一个斑白老者，突然会叫出我的乳名，也会突然冒出一个小姑娘，抱着我的腿喊爷爷，让我迷惑又亲切。这些人生最奇特的经历，只有在故乡才能发生。

一个人在外漂泊努力，其实都是给故乡看的。故乡永远在你身后，在你梦中，牵连着你的魂魄，她就像母亲，给了你生命，教会你行走，然后让你勇敢地走出去。但是，母亲是要收回她的付出和奉献的，她要收回你的灵魂和躯体，最后，让你也静静地躺在她的脚下，和她一起，再化作故乡的泥土。

最叫我感到豪迈的是，我的故乡如此壮观，如此锦绣斑斓，如此柔情婉约，又如此壮阔达观。这样的土地，是值得叫我们永远依恋的。

我记得许多诗人都写过自己的故乡，比如歌德、拜伦、普希金。如果有一天，我能遇上他们，他们再吹嘘自己的故乡，说不过他们的时候，我就会拿出我的视频《春动礼泉》来让他们看，我估计，他们那时候一定会吓傻的！

因为，他们肯定没有视频。

二、更有九年前写的《董扬》，睿智哲思，回环曲折，文采斐然

西方人是最善于无中生有的，他们经常靠想象创造各种奇奇怪怪的事情，传说中的魔法师，就是他们创造的一个既叫人痴迷又叫人恐惧的现象。

我是在三十年前就认识董阳的，那时候，当我看见他第一眼，我就想起了意大利《奥兰多》里的魔法师了。

那可能是1984年吧，咸阳作家程海约我到乾县去看乾陵，我们从乾陵下来的时候已经是黄昏时分，程海突然说，咱们去看看大修厂的老董，我那时候在师大上学，此时正是暑假，就跟着程海瞎球转，程海说到哪里，我一般都跟到哪里。于是，我们在天乍黑的时候，进了乾县大修厂的大门。

程海一进大门，就扯着嗓子大喊，老董老董地叫。他这一叫不要紧，只见靠西边一排平房的一个房子门打开了，从门里射出一道灯光，接着，一个瘦削的剪影也被灯光衬托出来，我眨了几下眼，才看清，出来的是一个三十多岁的男人，瘦骨嶙峋的，头发长长地披在肩上，腰有些微驼，戴一副眼镜，穿一个白色的背心。他一出声，我就迅速想起我那时候最痴迷的《奥兰多》里的魔法师了。他说，程海，来了？快进来。他的声音是那种低沉沙哑，不是发自口腔，而是发自气管的声音，这也是魔法师标准的声音。在西方，魔法师必须具备几个基本特点，长相清瘦，身材微驼，长发纷披，声音沙哑，这几个外在的特点，这个被称为老董的人都具备了。

我跟着程海，进了老董的房间，四周一看，就更加确定老董是一

个魔法师了。老董的房间很乱，顺着墙放一张被子凌乱的床、几块奇奇怪怪的石头、几个放颜料的瓶瓶、几张画画的宣纸和一张破旧的老桌，老桌上放了许多细长的刀，大大小小地排成一排。我那时候正是青春年少的时期，好奇心极强，就迅速被老董房子各种与众不同的玩意吸引住，而没有关心那天老董和程海都说了些什么，我隐隐约约记得，程海好像在练书法，想让老董给他刻上一方印章，老董为人十分低调谦和，就用沙哑的声音答应了。我记得我们从老董房子出来，程海拍拍胸脯，很牛逼地说，老董叫董扬，是个搞篆刻的。他程海和董扬、西安美院的孙耀盛，是乾县三大艺术家，他安排老董刻章子，老董就不敢不答应。我知道程海爱吹牛，也就没往心里去。这件事情一晃就过去了三十年。

离开乾县，董扬和他的那些刀子却在我心底留下了印记，时不时还会想起。每当我再去读西方古代文化，看到那些魔法师，偶然还会想起董扬。

在西方传说中，魔法师一般都具有超自然的能力，他们能够骑着某种普通的东西在空中飞翔；他们也精通咒语，把魔法施在某个漂亮的女人身上，而把她变作自己的妻子或者仆人；或者通过魔术变出自己喜欢的东西来；有时候也会点石成金，把不值钱的破烂，变成财宝。

2014 年冬天，我在西安再次见到董扬的时候，我吃惊得差点叫出声来，董扬就是一个潜伏在西安的魔法师。

那天，西安城中飘着雪花，世界显得很迷乱，行人、车辆都在这一片迷乱中慌乱地穿行。晚上，书法家写大篆的王艳旗约了饭局，董扬就突然出现在饭局上，而且，在他身后，还藏着一个大美女。

在饭局上，当董扬一进门，我一眯我的关公眼，就认出眼前这个戴着眼镜，眼睛小得几乎不用睁开的人就是三十年前的老董。董扬和三十年前比，身材依然微驼，声音依然沙哑，但是不见老，精神比以前更加健硕，气质穿戴也脱去了上个世纪人们普遍都有的寒酸，已经显现出文化大气。而他身后的女人，据他自己介绍是他的老婆，却年轻美艳得叫人斜目。我的神呀，这个老董又在施展什么魔法，攫取了财富，蛊惑了美女？

美男子王艳旗是我文章中常常出现的人物，我一直看好他会成为我们陕西未来写大篆的大家。我们陕西写大篆的大家都在纷纷老去，这一块阵地上需要一个旗帜，而艳旗本身就是一面艳旗。王艳旗那天是饭局的东家，他出面介绍说，董扬是西安地面上又一路神仙，一个大书画家、大篆刻家。我心里补充说，还是个善于给美女施魔法的大魔法师吧？

我那天一面应付酒局，就一面观察董扬和他的美艳妻子，想破解这其中的魔局。我故意端着酒，离开座椅，直奔董扬和他的美艳妻子而去。高人破解人的内心，都是通过逼视对方的眼睛，看出心灵深处的隐私。而董扬的眼睛，小得针扎不进，再加上一副眼镜遮住，就让你无从入眼。倒是他的美艳妻子却眼大如铃，眉弯如蛾，脸似皓月，一副凛然正义的样子，似乎丝毫没有什么隐私怕你窥破了。我用我的关公眼使劲逼视她，可能也因为我的眼也小，光也不十分充足，她倒没有丝毫怯意。反倒是我因为目力不济而退下场来。

酒局散了，美男子王艳旗招呼大家去董扬家做客。我也正好想窥视魔法师的巢穴，就爽快答应了。一出酒店大门，我就注意，看看董扬会不会像真正的魔法师那样，突然从腰间拿出一把笤帚，然后骑上去飞翔。但是，很令我失望，他不但没有拿出笤帚，而且行走的步伐比我还慢几分。路上，我和董扬的美艳妻子同行，才知道，她叫金卉，曾经是一位电视台的主持人。我问，董扬用什么魔法把你这样一位美女猎获到手。金卉说，董扬除了真情，没有别的。她说她当年大病一场，人已变得失了人形，是董扬无丝毫嫌弃，全心全意给她治病，给她无限爱意，她才觉得董扬可靠，才嫁给董扬。

我知道被施了魔法的人，一般都不自知，而且还对魔法师产生依恋，我就不再说话。

董扬的家在西安南二环边上的一栋居民楼里，一进屋子，迅速就感觉像进了艺术博物馆一样，墙上挂着的是董扬自己创作的字画，地上摆着的是董扬从民间搜罗的石刻，这个家和董扬三十年前在乾县的家已经是两种不同的气象了。魔法师研究咒语和魔方的城堡也变成艺术殿堂了。

后来，领我来的王艳旗走了，而我却留下了，因为我要探究董扬身份的好奇心还没有满足，就留下和董扬夫妇品茗闲聊。我们有一句没一句地扯闲话，我总是把话题给董扬的经历上引，而董扬却刻意在回避他的过去。也就在这散散淡淡的话语中，我听出来了，在那一次我和程海造访他之后，在此后的三十年里，他人生经历过非常人难以承受的苦难，而他的苦难在我听来惊心动魄，而董扬讲起来却漫不经心，我知道，董扬在自己亲身经历的苦难中所参悟的人生，比我们这些只从书本上读到的要深刻得多，要痛彻得多。

董扬的话题最后归于艺术，我一幅幅观看董扬的画和书法。他的每一幅画，都画得拙中见巧，豪中见密。董扬在经历了苦难之后，他去了北京，他可能有意逃避咸阳这座能给他带来伤心的城市，也可能对邪恶的人性彻底失望了，他就把自己的生命全部融入艺术中去。他上了清华大学第一届当代艺术研究生班，认真研磨齐白石和吴昌硕的画，把大师的精神融入到自己的生命中。我看见董扬的书法，也是在大气中讲究技法。董扬的书画，已经不是工匠般的雕琢了，而是天地人生的真实意向，在外表的残缺拙朴中求得意向的至美。

看完书画，我还是忘不了三十年前我看见的那些刀子，我觉得那些东西才是董扬真正的魔法棒，才是他点石成金的真正道具，董扬只好拿出了他的刀子和那些在刀下变成艺术的石头。董扬将自己作品摆在桌上，我看着这一方方印章，心灵更觉震撼。石头本来是没有生命的，它的存在，或处于高山，或处于河流，或处于田野，都是那么无意识，那么散漫，那么缺少灵性，只有经过人类灵性的渗透，它才变得灵光四射。董扬的篆刻是他把自己的心性，赋予刀尖，刻于石上，而让石头变成他写情达意的手段。这一方方石头，渗透着一个人个性与情感的作品，才有故事，才有存在的价值。董扬不愧是闻名世界的西泠印社社员，他让西泠印社的传说变得更加久远而生动。

离开董扬，已是子夜，我走出大门，屋外雪花还在飞舞，在灯光下莹莹闪光。我走得老远了，身后突然传来一阵声音，董扬在黑夜里喊，慢慢走，再来！那一声发自气管的低哑嗓音让我打了一个寒战，我回过头，在夜色里已经看不见董扬和他美艳的妻子金卉了，四处一片迷茫。我吃惊地问自己，今晚的这一切都是真的吗？这是不是魔法师设下的迷局呢？

赵普东：才思横溢的农民作家

2019年，我回归故里陕西省礼泉县，报效乡梓。首先拜望本土作家。当我踏进赵普东的山间庄院时，一惊，他原来是农民！布衣低调，没有文凭没做官，一辈子守护土地，一辈子埋头做学问，造就自己成为学者型的农民作家。

赵普东朴实得像黄土地，他在黄土地里能榨出油来。

他发表诗歌、散文、评论100余篇，撰写有《从薛文化当官看农村目前的现状》《沉默的年代取得的重要成就》《一部红色革命的动人画卷》等文章。也写小说，如《暂住绍兴的女人》等。

赵普东曾经头顶星光，从渭北山区一个小村骑自行车去访问长安县皇甫村的王家斌（梁生宝的原型）。他认为，《创业史》在当代文学史上被尊重和认可，得益于描绘人物的准确和深刻，反映社会内容的厚重和艺术进取上的创造，柳青塑造的典型形象屹立不倒。

我礼泉县，自戊戌政变义士、诗书画三绝的宋伯鲁以降，中经铁血诗人符浩，又经以小说并一鸣惊人、散文集多达十余部的侯雁北，再到鲁迅文学奖获得者邹志安和郑彦英诸作家，散文、诗歌、长篇小说和理论专著层出不穷，创作力量雄厚。

赵普东的散文情动于衷，非常真实，读之不禁动容。

一、遍地月光的冬夜

赵普东的散文《遍地月光的冬夜》雅近于诗，煞尾是艺术的冲击。

父亲背上旧衣帽和家织的土布踏冰面过泾河，去给家里换粮，十几天不见回来。

夜，黑刹刹的。母亲带我们走进月光遍地的冬夜，期盼今夜能在邻村的大路上接到换粮回来的父亲。唐王陵像一顶大礼帽，武将山也被漫天的月光压低了头，邻村的一面土墙上写着“人民公社好，吃饭不要钱”。母亲朝这几个字，瞭过一眼，便很生气地带着姐姐和我，在大路边等啊！等着父亲归来……一直等到夜深时，便很失望地回家了。

半夜时分，父亲背了一布袋粮食趺趺撞撞回来了，身上的汗水蒸气一样向上冒着。他把自己身上的棉袄换粮食了，身上只穿着一件单衣。他喝稀饭时，忽儿一松手，睡着了，稀饭烫起的土腥味儿，似乎变成了许多根长长的针锥，狠狠地扎出了满窑的哭声。

二、一个婴儿与十三位奶娘的故事

人类的善良，一旦被我们母亲辈勇敢地担当起来，岁月的河流便承载着说不完的动人故事。

——题记

五十多年前，一场地域性的大饥荒，把人到中年的大表姐从陇东大山区，无情驱赶到武将山下的一个小村庄歇住脚了。她的丈夫虽说是一位庄汉人，但待人实心耿直，过日子既勤劳也会谋划，家境比一般人还好，从此，这个家庭便开始有了一个让人备感温馨的日子。

一年后，大表姐为这个家庭生了一个儿子。小人儿满月的头一天夜里，圆月当空多情地照着，满天星光亮亮的似在微笑，全村人聚在表姐夫院门前，隆起一大堆柴火，点燃起高高的火焰，你急呼他高叫地闹嚷着要喝喜酒，要讨一盘猪耳朵作下酒菜。这一夜，全村人几乎欢腾了一个通宵。被大家尊为能行人的表姐夫，脸上溢满了从来未有过的欢笑，里出外进地忙碌着，奔跑着，尽力满足了邻里们各种贺喜的要求。

儿子刚过四十天的那个中午，世事演变的无常，忽然把厄运降临在这个家庭。大表姐被“原籍返回”的政策，送上了西去陇海线的火车。留下的婴儿，后半天饥饿的哭声，一阵紧似一阵，似要把院落的土墙撕裂开来。表姐夫慌了，全村人急了！邻里中，几位有奶的母亲们纷纷赶来救助。她们抢着抱起已哭哑了嗓音的婴儿，把自己的乳头送进这个苦命婴儿的嘴里，让他舒心地吮吸着。

但那年月，大家的日子都很恓惶。这几位母亲们，人人都因着菜多粮少的贫淡和劳动的苦累，给自己婴儿的奶水本来都还欠缺，如今忽然要匀出自己的奶水给邻居婴儿喂养，自己的孩子却要愣起声地哭叫。表姐夫当机立断地小跑着，在邻村打听到一只正好有奶的山羊。当他牵着这只山奶羊回来时，羊的主人却死死拽着他上衣的后襟子，紧跟了他半里的山路，慈悲地说：“娃这样碎，就没妈了，可怜的……

这只羊，我是送给你的。你千万不要当是我把羊卖给你了啊，你千万不要给我送羊价来啊！只要娃顺顺当当地长成人了，他日后给我就还一只羊，待我老了，没牙咬动干蒸馍了，就喝这羊的奶，养个老也心安呀……咹，你听懂了么？老伙计！”

表姐夫牵着羊，脚步踉跄，任凭满脸热辣辣的泪水，被早春三月的冷风拂落在回家的路上。奶山羊回来了，不大的小院拥来全村牵心这个婴儿的一群人。等不得表姐夫把羊拴起，那些母亲们急了，她们有拿着奶瓶的，有端着盛奶碗的，有拿来半包红糖的，有抱着羊头怕它怯生使性子的，有拽着羊后腿防它蹦跳的，自称挤奶把式的人，开始两手轻揉着羊的乳房。当伴着红糖的温热羊奶刚被婴儿吮吸了一口时，哇啦一声！这个弱小生命反抗的哭声，如同一把锋利的小刀，触撞着围在炕边的母亲们一颗颗善良的心。婴儿拒食羊奶！这可怎么办？这个只有四十一天的小生命，可真是这个农家小院传承的根啊！

这天傍晚，羊的主人赶来了。他刚进院门就看见表姐夫正抱着小人儿在窑门前慌慌地兜着圈子，羊主人赶忙小跑过来，轻轻揽起婴儿，用自己一只柔软的手背，爱怜地抚弄着婴儿细嫩的额头，当即对表姐夫出主意说：“娃执意不吃羊奶，就赶快给他找奶娘。路远的，白天你抱去。路近的，你夜里抱去。这样暂且先吃家家的顿顿奶，别让娃饿着了。若谁家真愿意长期奶咱这娃，那就算遇上真菩萨了。咱哪怕把身上的肉割下来，都要给人家把心补上。你放心，我明日赶紧把这只羊卖了，你用这钱先给娃的奶妈们都送个人情。此后的事，你也别熬煎。我就不信，咱两个大男人还把一个小人儿抚育不大。那就让天地日月笑话了咱白来一趟人世呀！”

听听，看看，羊的主人就是这样给表姐夫和婴儿送来了希望和力量。从此，表姐夫每天的白日或夜里，都要数次抱起自己的儿子，急急地颠跑在或远或近或北或南的山间小路上。当那些母亲一把撩开自己正吃奶的孩子，苦情地接过这个像瘦猫儿一样畏缩在襁褓中的婴儿给他慈爱地喂奶时，表姐夫蹲蹴在窑门外，一边细听着窑内儿子吃奶时未曾满足的叽够、叽够的声音，一边回忆着今天来这位奶娘家已是多少回了，日后该怎样厚厚地补报这位母亲的仁慈。

半年后的一个夜里，曾把自己奶羊卖掉的钱全部送来的这个人，夜里却冒着大雪，蹚过一山一沟的十里山路，拄着一根镢把来了。他对表姐夫说，自己女人刚坐月子三天，把娃殇了，奶水空憋着。他两口子商定：把这个小人儿就寄养在自己家里。表姐夫猛一惊，心里疼疼地问：殇的是男娃，女娃？对方说是男娃。表姐夫摇头拒绝说，你前边是三个女子，如今殇了男娃，你娃他妈更伤心，这事咱且不说了。但对方朝这边恨恨瞪了一眼，倔倔地说："我今夜来就是要把娃抱走，我那口子在家里急候着给娃喂奶呀！"

村外，朦胧的月影似在云衣的波光里疾疾飘曳，漫天聚降的腊月雪被剧烈的下山风忽儿旋起。两个蹒跚在山路上的男人，轮换着抱起襁褓中的婴儿。

很快，大雪把他们绣裹成了两尊高高的银柱。表姐夫清楚记着：这是自己的儿子头一次去第十三位奶娘家的路。今夜，这条雪漫山谷的路，更是一条洁白如玉的路。但愿儿子的心，将来能够认领遗落在这条寒冷的山路上留着的温暖。

请你相信：二十五年后的一天，表姐夫儿子迎娶的新娘，恰是他恩重如山的奶娘的第四个女儿。

一个晴日，我随名家冯积岐上山踏访赵普东，进入他的书房。登高远望，四山清明，巍巍乎秦岭；东泾阳、西乾陵依稀可见。屋内排排书架，最显眼的是"获诺奖人物大全"。他说，他每捧起一本好书，都像春风呼唤心灵，相信《论语》《资本论》《楚辞》《哲学原理》《史记》

《战争与和平》《红楼梦》《乔伊斯文集》都会给予他厚爱和恩赐。

问他严冬怎么过，他说天冷北雁南飞，到浙江台州孩子那里泡图书馆，饱览群书。

赵夫人忙里忙外，手擀面满口生香让人欲罢不能。

赵普东喜爱地域文化，准备出版《礼泉四大名镇》。他说，古镇繁华闹市里传递出久远古朴与当代的文明，正舒缓有序地感动着外面的世界。现已完成“回眸千年古镇——赵镇”十篇，“千年古镇叱干纪事”十篇，“阡东镇今昔”十篇，“史德叙事”十篇，尚未完稿。

现将“千年古镇叱干纪事”之三分享给读者，戊戌政变义士宋伯鲁栩栩立于目前，显示出一位农民作家的胸襟和手笔。

三、宋伯鲁在下米仓庄园的故事

被人称为四先生的后辈，曾求学于有名的三原宏道书院。他与宋伯鲁、李仪祉、于右任为同窗好友。学成归来时，正值朝廷奸佞当道，国运衰落于吏治腐败。四先生只传道授业育人，不入仕为官。宋伯鲁戊戌变法落难归乡后，他们二人便成了至交。

一个腊月初的正午，大雪正如满天白蝴蝶密匝匝飞舞时，四先生正在书房的泥火炉边细读着王充的《论衡》，他猛听得一声惊呼，宋伯鲁先生骑着小毛驴从县城赶来了。

四先生匆忙飞奔出书房，一边仔细地给宋先生掸去全身的雪，一边招呼家人把宋先生的小毛驴拉到槽上，给它多喂上几升豌豆料。两个人四只手紧拉着，同步迈进书房。

客人刚落座在火炉旁的杌椅上，四先生赶忙把沏好的上等普洱茶，用一个祖传的上等紫砂壶盛着，双手恭敬地呈给比自己年长五岁的宋先生，家人把长安城有名的德懋恭糕点、山西的汾酒、南坊的腊汁肉、淳化的一口香饸饹都摆上了餐桌。

四先生素来都很敬仰宋伯鲁睿智的才学和爱国的气节。他当年中进士入朝为官有荣，后举变法通缉受难。今日，两人依窗对坐畅饮时，窗外，从五凤山那岸旋转过来的一阵阵大风，早已把康家大院上空的鹅毛大雪，搅扰成一个朦朦胧胧的世界了。宋先生刚刚饮过三盅清香的汾酒，面颊上渐渐多了亢奋的气色，额头上冒着细汗。

四先生便急切地问：康有为与梁启超目下可否有下落？宋先生两道明亮的目光里，忽儿布满了忧郁，他缓缓地望着窗外风搅雪的混沌天地，声气沉重地说："谭嗣同三十八岁的满腔热血白流了啊！'我自横刀向天笑，去留肝胆两昆仑'并没有把康有为这个变色龙老儿惊醒！"宋先生言罢，将酒盅狠狠给桌上一蹾说："咱们读书人都盼国正民心顺，官清民自安啊！可眼下的世道，唉！咱们今日且不论世道和他人之事了。康贤弟，快给我拿笔来，拿纸来！老夫今日一路踏雪北行于你府上，沿途观到了一番顶好的景致，今朝让我先画下来，或许，借此也能壮阔我二人的胸怀。"

很快，四先生把书案上的一切都摆弄好了，宋先生只略向雪亮的宣纸瞭过一眼，便悬笔飞舞起来，笔下，忽儿似有一股柔柔的风，带着色彩，舒缓悠然地穿越在四先生的凝神静观中。约略，在二人刚才品饮三盅的空儿，一幅《九嵕雪霁图》就诞生了。四先生惊呼："宋兄台，你这幅画，用笔在着力与不着力之间，凭空取神，苍润里流动着秀气丰饶呀！"宋先生谦逊地回应："罢了，罢了！"一时间，四先生的家人们都拥进书房，争相细看，那一脉覆斗形的壮阔山峰，被四岸纵深的沟壑与矮胖的山势欢腾地拱卫着。那一道道沟壑，那一架架山梁，都朝着嵕山的底部奔涌而来，一切触手可摸的地下力量，竟如此豪迈地簇拥起了一座雄踞天际的高峰！高峰披挂着一身茫茫的白雪，它的模样儿，恰是“九峻山全貌图”。

在众人的啧啧赞叹声中，四先生低声疑问：“兄台，今天明明大雪纷飞，你偏让天空出太阳，笔下何以有雪霁晴朗日？”宋先生浅笑着当即回答：“鄙人一生厌倦我华夏身陷迷茫，殷殷祈盼世道清明，唯有这般反实为虚的作画，方可达吾心迹呀！”

下米仓庄园，曾有宋伯鲁这样的天下名士常来畅谈一国之大事，并作名画于康家四先生书房，真乃下米仓庄园之盛事。

阎纲叹曰：呜呼！典型的地域文化，珍贵的前尘史料，兼有小说写人和散文诗的笔法，穿越过宋元明清悠悠岁月，驶进民国的历史长河。